# Mémoires d'un quartier

• TOME 11 •

## *Bernadette*

*la suite*

Du même auteur chez le même éditeur :

*Mémoires d'un quartier,* tome 11 : *Bernadette, la suite,* 2012
*Mémoires d'un quartier,* tome 10 : *Évangéline, la suite,* 2011
*Mémoires d'un quartier,* tome 9 : *Antoine, la suite,* 2011
*Mémoires d'un quartier,* tome 8 : *Laura, la suite,* 2011
*Mémoires d'un quartier,* tome 7 : *Marcel,* 2010
*Mémoires d'un quartier,* tome 6 : *Francine,* 2010
*Mémoires d'un quartier,* tome 5 : *Adrien,* 2010
*Mémoires d'un quartier,* tome 4 : *Bernadette,* 2009
*Mémoires d'un quartier,* tome 3 : *Évangéline,* 2009
*Mémoires d'un quartier,* tome 2 : *Antoine,* 2008
*Mémoires d'un quartier,* tome 1 : *Laura,* 2008
*La dernière saison,* tome 1 : *Jeanne,* 2006
*La dernière saison,* tome 2 : *Thomas,* 2007
*Les sœurs Deblois,* tome 1 : *Charlotte,* 2003
*Les sœurs Deblois,* tome 2 : *Émilie,* 2004
*Les sœurs Deblois,* tome 3 : *Anne,* 2005
*Les sœurs Deblois,* tome 4 : *Le demi-frère,* 2005
*Les années du silence,* tome 1 : *La Tourmente,* 1995
*Les années du silence,* tome 2 : *La Délivrance,* 1995
*Les années du silence,* tome 3 : *La Sérénité,* 1998
*Les années du silence,* tome 4 : *La Destinée,* 2000
*Les années du silence,* tome 5 : *Les Bourrasques,* 2001
*Les années du silence,* tome 6 : *L'Oasis,* 2002
*Les demoiselles du quartier*, nouvelles, 2003
*De l'autre côté du mur,* récit-témoignage, 2001
*Au-delà des mots,* roman autobiographique, 1999
*Boomerang*, roman en collaboration avec Loui Sansfaçon, 1998
« *Queen Size* », 1997
*L'infiltrateur,* roman basé sur des faits vécus, 1996
*La fille de Joseph,* roman, 1994, 2006 (réédition du *Tournesol,* 1984)
*Entre l'eau douce et la mer,* 1994

Visitez le site Web de l'auteure :
www.louisetremblaydessiambre.com

LOUISE TREMBLAY-D'ESSIAMBRE

# Mémoires d'un quartier

• TOME 11 •

## *Bernadette*

*la suite*

1970 – 1972

**Catalogage avant publication de Bibliothèque et Archives nationales du Québec et Bibliothèque et Archives Canada**

Tremblay-D'Essiambre, Louise, 1953-
Mémoires d'un quartier
Comprend des réf. bibliogr.
Sommaire: t. 11. Bernadette, la suite, 1970-1972.
ISBN 978-2-89455-483-8 (v. 11)
I. Titre. II. Titre: Bernadette, la suite, 1970-1972.
PS8589.R476M45 2008 C843'.54 C2008-940607-9
PS9589.R476M45 2008

Nous reconnaissons l'aide financière du gouvernement du Canada par l'entremise du Fonds du livre du Canada (FLC) ainsi que celle de la SODEC pour nos activités d'édition. Nous remercions le Conseil des Arts du Canada de l'aide accordée à notre programme de publication.

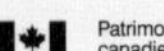

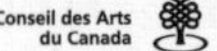

Gouvernement du Québec — Programme de crédit d'impôt pour l'édition de livres — Gestion SODEC

© Guy Saint-Jean Éditeur inc. 2012
Conception graphique : Christiane Séguin
Révision : Lysanne Audy
Page couverture : Toile de Louise Tremblay-D'Essiambre, « Lendemain de tempête sur Montréal ».

Dépôt légal — Bibliothèque et Archives nationales du Québec, Bibliothèque et Archives Canada, 2012
ISBN : 978-2-89455-483-8
ISBN ePub : 978-2-89455-484-5
ISBN PDF : 978-2-89455-485-2

**Distribution et diffusion**
Amérique : Prologue
Belgique : La Caravelle S.A.
Suisse : Transat S.A.

Tous droits de traduction et d'adaptation réservés. Toute reproduction d'un extrait quelconque de ce livre par quelque procédé que ce soit, et notamment par photocopie ou microfilm, est strictement interdite sans l'autorisation écrite de l'éditeur.

**Guy Saint-Jean Éditeur inc.**
3440, boul. Industriel, Laval (Québec) Canada. H7L 4R9. 450 663-1777
Courriel : info@saint-jeanediteur.com • Web : www.saint-jeanediteur.com

Imprimé et relié au Canada

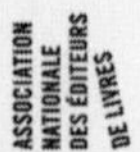

*À ma grande petite-fille Claudine,*
*une femme que j'admire et que j'aime tendrement.*

# NOTE DE L'AUTEUR

On ne peut tout contrôler dans la vie. À commencer par certains impondérables qui nous échapperont toujours, aussi banals soient-ils que la température... ou l'envie irrépressible de manger un gros morceau de gâteau au chocolat à minuit le soir ! Non, on ne peut pas tout contrôler et c'est très bien qu'il en soit ainsi. Ça laisse de la place aux surprises, au hasard, aux imprévus, aux coups de chance.

Il faudrait bien qu'Évangéline finisse par le comprendre.

Les Gariépy seront toujours les Gariépy, elle n'y pourra rien changer, et ce n'est pas la faute de l'un d'entre eux qui contamine automatiquement tout le reste de la famille. Voilà ce qu'elle devrait comprendre et accepter, notre chère vieille dame. La rancune ne sera jamais une attitude garante de bonheur, pour elle comme pour les autres, et si Évangéline est trop bornée pour l'admettre, il faudrait peut-être que Bernadette ouvre les yeux et prenne certaines décisions à sa place, surtout celles concernant ses enfants. Mais que voulez-vous, pour l'instant, la pauvre Bernadette ne voit qu'une seule et unique chose : l'épicerie ! À la voir aller, se démenant à droite, s'égosillant à gauche, on pourrait facilement imaginer que c'est un cas de vie ou de mort pour elle !

Pauvre Bernadette !

Je me répète, je le sais, mais c'est exactement ce qui

me vient en tête quand je la rencontre: pauvre Bernadette ! Et ils ne datent pas d'hier, ces quelques mots qui s'imposent spontanément quand je pense à elle. Dès les premiers instants où nous nous sommes croisées, elle et moi, au printemps 1954, j'ai eu de la difficulté à entrer en communication avec elle. Pourtant, toutes les deux, nous aimons notre famille, nous faisons notre possible pour mener notre barque à bon port, nous espérons semer un peu de bonheur autour de nous. Alors ? Pourquoi sommes-nous aussi distantes l'une envers l'autre ? Je ne le sais pas. Si au début de la série je la trouvais trop molle, trop conciliante, elle a beaucoup changé au fil des pages et des années. Ce travers ne devrait donc plus m'agacer. Non, c'est autre chose que je n'arrive pas à saisir et qui fait en sorte que je ne me sens pas attirée vers elle. Pourtant, Dieu m'est témoin que je l'ai admirée quand elle s'est taillé une place avec ses produits Avon et elle m'a bien fait rire quand elle a décidé de s'ouvrir un compte à la banque.

Peut-être tout simplement le manque de temps de part et d'autre a-t-il contribué au fait que nous n'ayons jamais vraiment essayé de nous parler ?

On n'avait pas le temps ! Quelle belle excuse, n'est-ce pas ?

Je vais donc profiter de ce livre pour être à l'écoute comme jamais je ne l'ai été auparavant pour l'un de mes personnages. Je vais m'obliger à faire les quelques pas qui nous séparent, ceux qui me permettraient de mieux comprendre cette femme qui carbure aux bonnes intentions ! Il le faut, car sa vie est dense, remplie de générosité, d'ambition, d'amour, et j'ai envie de partager tout cela avec vous. Dans un certain sens, à travers les épreuves, les secrets, les réussites, c'est peut-être Bernadette qui a le plus évolué depuis le début de cette série.

Et c'est peut-être sa vie à elle, tant intérieure que quotidienne, qui est la plus riche.

Si je peux arriver à la faire asseoir durant un court moment, devant un café-filtre, tiens, de ceux qu'elle prépare maintenant dans sa belle cafetière en porcelaine blanche offerte par Évangéline, je suis persuadée qu'on devrait trouver assez facilement un sujet de conversation qui nous touche l'une et l'autre.

Les enfants, la carrière, les amours...

À partir de là, le reste devrait couler de source. Après tout, elle comme moi, nous savons que l'essentiel de notre vie se joue autour de la famille. Ça va suffire pour arriver à créer des liens, j'en suis persuadée. J'ai envie de discuter avec elle de Laura et d'Antoine, deux jeunes adultes à la croisée des chemins, comme certains de mes enfants. J'aimerais aussi avoir l'occasion de la mettre en garde devant la société qui évolue vite, trop vite, ce qui pourrait amener son fils Charles à prendre de fâcheuses décisions. Elle devrait rester vigilante face à lui. Je veux l'entendre me parler d'Adrien et de Marcel, les deux hommes de sa vie, d'Évangéline et de son Roméo, de la petite Michelle et de son grand-papa Chuck, resté au Texas...

Oui, ce matin, je vais m'installer au bout de la table de sa cuisine, à la place d'Évangéline, et je suis certaine qu'au moment où elle va entrer dans la pièce,

Bernadette va me faire remarquer, entre deux coups de torchon, que je serais peut-être mieux de m'asseoir ailleurs si je ne veux pas essuyer les foudres de la vieille dame. À partir de là, je trouverai bien quelque chose à répliquer.

# PREMIÈRE PARTIE

## *Été 1970*

# CHAPITRE 1

*Quand on aime on a toujours vingt ans*
*Quand on aime on a toujours vingt ans*
*Vingt ans*

*Quand on aime on a toujours vingt ans*
JEAN-PIERRE FERLAND

**Montréal, jeudi 18 juin 1970**

Bernadette laissa tomber bruyamment ses deux mains sur le bois usé du petit pupitre en affichant un large sourire. Les derniers calculs venaient de corroborer ce qu'elle s'entêtait à dire depuis la semaine dernière : les profits n'étaient pas loin !

Malgré une mauvaise nuit causée par l'arrivée intempestive d'Adrien et de Michelle, Bernadette ne ressentait plus du tout la fatigue. Attrapant par le coin une feuille blanche couverte de chiffres, elle se leva vivement et sans attendre, elle fila vers le fond du magasin.

— Marcel, faut que je te parle ! lança-t-elle à haute voix, faisant fi de la cliente debout devant le comptoir de la boucherie.

Une femme de petite taille, accoutrée d'une longue jupe bariolée qui lui faisait les jambes encore plus courtes, tourna un regard courroucé vers Bernadette.

Celle-ci continua de s'en soucier comme d'une guigne.

C'était bien la première fois qu'elle bousculait ainsi une cliente pour parler à son mari, mais ce matin, elle n'avait pas envie d'attendre.

— C'est important, je pense ben, ajouta-t-elle devant l'évidente impatience qui souligna le geste brusque de Marcel levant la tête vers elle, sourcils froncés. Je peux-tu te parler ?

Bernadette semblait fébrile et Marcel ne sut ce qu'il devait penser de ce sourire un peu tendu que lui offrait sa femme.

Que se passait-il encore ? L'arrivée d'Adrien au beau milieu de la nuit ne suffisait-elle pas à bouleverser l'ensemble de la journée ?

Marcel dévisagea Bernadette, les yeux mi-clos.

C'est à ce moment qu'il remarqua qu'elle tenait du bout des doigts, comme si elle était brûlante, une feuille couverte de calculs. Son impatience se transforma instantanément en inquiétude.

Aussitôt, il baissa un regard navré vers sa cliente, un regard accompagné d'un petit rictus qui pouvait facilement passer pour une forme de regret.

De toute façon, n'avait-il pas affirmé, à de nombreuses reprises d'ailleurs, que pour lui, Bernadette aurait toujours préséance sur les clientes ? À lui de prouver qu'il disait vrai !

Sur ce constat, Marcel reporta les yeux vers sa femme.

— Important, tu dis ? demanda-t-il en s'essuyant machinalement les mains au revers de son tablier. Dans c'te cas-là, viens dans la chambre froide, on va être tranquilles !

Et tandis que Bernadette se faufilait derrière le comptoir pour rejoindre son mari, ce dernier se tourna une seconde fois vers la cliente, lui offrant, cette fois-ci, son sourire le plus séducteur.

— Vous allez m'excuser, madame Landry, mais on dirait ben que c'est un cas d'urgence. Vous savez ce que c'est, hein ? La famille, les enfants... Soyez patiente pis je vous reviens dans deux petites minutes avec mon meilleur rôti... Juste pour vous !

La porte de la chambre froide se referma sur ces quelques mots.

Bernadette avait déposé sa feuille sur l'étal et les bras croisés, elle se frottait vigoureusement les épaules.

— Bâtard ! Y' fait ben frette icitte, mon homme ! Tu peux ben passer ton temps à tousser... Mais ça achève !

— Comment ça ?

Contrairement à ce qu'il était foncièrement, à savoir curieux et décideur dans l'âme, Marcel n'avait osé prendre la feuille pour y jeter un coup d'œil. Pourtant, il l'avait vite repérée, cette feuille éclatante de blancheur sur l'acier de l'étal, mais peut-être, aussi, avait-il peur de voir ce que les calculs de Bernadette établissaient. Le nouveau concept de leur épicerie était-il une réussite, comme l'avait prédit Laura dans un premier temps, prédiction étayée par Bernadette la semaine dernière, ou au contraire, faisaient-ils face à un échec ?

Un cuisant, un coûteux échec puisqu'ils devaient présentement une fortune à la banque !

Comment Bernadette avait-elle dit ça, encore ?

Que ça achevait ? La curiosité emmêlée à l'inquiétude asécha le ton de Marcel quand il demanda :

— Pis ? C'est quoi qui achève de même ? Envoye, Bernadette, aboutis ! J'ai une cliente qui m'attend de l'autre bord. Pourquoi t'avais à me parler pis pourquoi c'était aussi pressé ?

— C'était petête pas aussi pressé que ça, finalement.

Devant l'irritabilité de Marcel, Bernadette regrettait déjà de s'être laissé aller à l'impulsivité du moment.

— C'était juste pour que tu passes une bonne journée, expliqua-t-elle d'une voix hésitante. C'est toute.

Un simple regard en direction de la feuille lui redonna un semblant d'énergie.

— Si tu te donnes la peine de regarder les chiffres, conseilla-t-elle sur un ton plus ferme, tu vas voir que ça va encore mieux que toute ce qu'on avait espéré. Les profits, les vrais profits, sont pas ben loin parce que depuis deux semaines, on fait nos frais pis y a un peu de lousse. Je sais ben que c'est petête juste l'effet de nouveauté, mais je pense pas. Y a certains de nos nouveaux produits qui sont déjà en manque. Ça se peut-tu ?

Sur ce, Bernadette leva enfin les yeux vers Marcel qui, malgré l'heureuse nouvelle, avait gardé sa mine maussade. Avec lui, toute nouveauté se devait d'être bien soupesée avant que les émotions paraissent. Bernadette aurait dû le savoir. Malgré cela, la mine impatiente de Marcel suffit pour que Bernadette en ravale son sourire.

— Je m'excuse si je t'ai dérangé, fit-elle sur un ton

nettement plus aigre, c'était pas mon but. Je trouvais que c'était une verrat de bonne nouvelle pis je pensais que ça te ferait plaisir de l'apprendre tusuite. Le temps des vaches maigres achève, c'est ça que je voulais dire t'à l'heure. Comme ça, petête ben que tu vas pouvoir prendre quèques jours de vacances. Avec ton rhume qui finit pas par finir, ça serait pas une méchante idée de penser à te reposer un peu. Mais si ça a pas plusse d'importance que ça pour toé, fais à ta guise, mon Marcel, pis la prochaine fois, j'vas attendre au souper pour t'annoncer les bonnes nouvelles.

Bernadette parlait d'une voix hachurée, sans reprendre son souffle, n'espérant plus qu'une seule chose : ressortir au plus vite de ce réfrigérateur déplaisant où la mine impassible de son mari ajoutait à la fraîcheur ambiante.

— Pour astheure, tu vas m'excuser, mais faut que je retourne chez nous pour faire le ménage du p'tit logement d'en bas. Au cas où tu l'aurais oublié, ton frère nous est tombé dessus durant la nuit pis apparence qu'y' va rester par icitte pour un bon boutte. C'est ta mère qui m'a annoncé ça au déjeuner à matin. On se reparlera à soir !

Et sans autre forme de salutation, un brin vexée de voir que son enthousiasme n'était pas vraiment partagé, Bernadette tourna les talons et ressortit de la chambre froide comme elle y était entrée, en se frottant vigoureusement les avant-bras.

— Verrat qu'y' fait frette là-dedans, murmura-t-elle en passant devant la cliente sans la saluer.

L'instant d'après, appréciant la chaleur du soleil sur

ses épaules, Bernadette était déjà sur le trottoir en direction de la maison tandis que Marcel, sidéré par une telle sortie, fixait la porte de la chambre froide sans réagir. Puis il secoua la tête en soupirant.

— Calvaire ! Était pas dans son assiette, elle, à matin ! J'haïs ça quand est soupe au lait de même ! Voir que je pouvais deviner que c'était une bonne nouvelle qu'a' l'avait à m'annoncer, pis voir que je peux me revirer sur un dix cennes pour me mettre à être de bonne humeur sur commande ! C'est pas de même que je marche, moé, pis a' devrait le savoir. En plusse, d'habitude, a' l'ose jamais passer en avant d'une cliente, même pour sa viande, même quand est pressée ! Comment c'est que tu veux que je sache, asteure, que c'était pas une nouvelle grave, son affaire ! Fallait que je m'ajuste, c'est toute ! Après, le monde dit que c'est moé qui a une humeur de chien !

Il se décida enfin à jeter un rapide regard sur les chiffres et dans l'instant, son visage se dérida.

Les chiffres étaient on ne peut plus éloquents ! La colonne des achats était enfin inférieure à celle des ventes, même sans l'apport de la boucherie.

— Enfin, calvaire !

Le soulagement de Marcel fut immédiat.

— Pour une bonne nouvelle, c'est une bonne nouvelle, murmura-t-il. Bernadette avait raison.

Peut-être bien que la nuit prochaine, il pourrait enfin dormir tout d'une traite, sans s'éveiller en sursaut, l'esprit encombré de chiffres et de calculs, et sans faire de cauchemar.

Marcel reporta les yeux sur la feuille, lui qui aimait

bien lire et relire pour être certain d'avoir tout vu, tout compris. Il en avait oublié sa cliente qui, lassée d'attendre, se mit à malmener la petite sonnette d'école qu'il laissait en permanence sur le bout du comptoir. Marcel sursauta, plia rapidement la feuille pour la glisser dans la poche de son pantalon. Il y reviendrait plus tard. Il ouvrit en coup de vent la porte de la chambre réfrigérée tout en esquissant un sourire de circonstance, affable et détendu.

— Madame Landry ! Me v'là ! Pis ? De quoi c'est qu'on parlait, avant que ma femme vienne me relancer ? Ça serait-tu d'un bon rôti de veau ? Dans la fesse, comme de raison, comme vous avez l'habitude d'acheter ! Y a pas à dire, vous connaissez la qualité, vous !

Tout en parlant, Marcel avait sorti une imposante pièce de viande du comptoir réfrigéré. Avec l'aisance d'un prestidigitateur, il attrapa un carré de papier orangé, le glissa sous le rôti et tendit le tout à sa cliente.

— Regardez-moé ça comment c'est ferme pis ben en chair, c'te belle fesse-là ! Pis pour vous remercier de votre patience, que c'est vous diriez si je vous la faisais au prix de l'épaule ? Comme ça, vous sauveriez un gros dix cents la livre. Ça ferait-tu votre affaire, ça ?

Tandis que Marcel, en habile commerçant, faisait la roue devant madame Landry qui fondait comme neige au soleil, Bernadette, de son côté, accélérait le pas pour pouvoir profiter de sa journée au maximum. Pour une des rares fois qu'elle prenait congé de l'épicerie, elle voulait mettre à profit les précieuses minutes dont elle disposerait.

Le ménage, dans un premier temps, et peut-être un

gâteau si elle avait quelques minutes de loisir avant le dîner, puis elle passerait quelques heures à rencontrer ses clientes Avon dans l'après-midi, avant de préparer le souper, naturellement.

— Ouf, toute une journée, murmura Bernadette en passant devant le casse-croûte de monsieur Albert. Pis dire qu'y en a qui vont penser que je prends une journée de congé !

Curieusement, et sans que Bernadette ne sache d'ailleurs vraiment pourquoi, sa clientèle Avon avait recommencé à lui être fidèle. À elle de profiter de l'occasion pour retisser des liens solides.

Bien entendu, Bernadette ne se plaignait pas de ce surplus d'ouvrage, loin de là, mais d'un autre côté, elle n'avait plus de temps à elle et c'est avec une petite pointe de nostalgie qu'elle pensait parfois à toutes ces années où son univers gravitait uniquement autour des enfants et de la maison. Elle s'ennuyait sincèrement de ses longues discussions avec sa voisine Marie Veilleux quand les deux femmes se rencontraient au parc avec leurs fils encore bébés.

— Par bouttes, bâtard, je dirais que c'était le bon temps, murmura-t-elle, haletante, en arrivant sur le perron arrière de la maison, son poids en trop se faisant cruellement sentir chaque fois qu'elle devait monter un escalier. Mais ça veut pas dire que j'haïs ce que je fais, précisa-t-elle en ouvrant la porte. Ça veut juste dire qu'avant, j'avais petête pas autant d'argent, mais au moins j'avais le temps de souffler un peu, pis ça faisait mon affaire, par bouttes… Bon ! Astheure, le ménage du petit logement.

— Toujours aussi bavarde, à ce que je vois !

Toute à ses pensées alors qu'elle entrait dans la cuisine, Bernadette n'avait pas remarqué Adrien, assis au bout de la table, quelques rôties empilées dans une assiette devant lui. Au son de sa voix, elle sursauta et quand elle se tourna vers lui, elle sentit la moutarde lui monter au nez. Goguenard, Adrien la regardait avec un sourire narquois sur les lèvres.

— M'as t'en faire, moé, des bavardes ! lança-t-elle, piquée au vif. Comme si j'étais une vieille gâteuse ! Tu sauras, Adrien Lacaille, que je passe la grande partie de mes journées tuseule dans un coqueron à préparer des commandes pis à faire des calculs. Faut toujours ben que je parle un peu, que j'entende le son d'une voix humaine même si c'est juste la mienne, sinon, m'en vas virer folle ! Pis toé, le beau-frère, toujours aussi paresseux ? T'as-tu vu l'heure ? C'est pas le temps de déjeuner, bâtard, on va dîner dans pas longtemps.

Adrien avala la bouchée qu'il venait de prendre à sa rôtie brillante de miel.

— C'est que j'ai conduit une partie de la nuit ! fit-il finalement. Faudrait peut-être en tenir compte avant d'affirmer que je suis paresseux.

— Ouais, si on veut…

De toute évidence, Bernadette était de mauvaise foi. L'humeur de Marcel continuait de l'agacer, et celle d'Adrien, un brin moqueuse, alors que les deux frères se ressemblaient physiquement toujours autant, n'avait rien en soi pour arranger les choses. Curieusement, Bernadette avait l'impression, en ce moment, de confronter deux traits différents de la personnalité d'un même homme. C'est à l'instant où elle allait rétorquer quelque chose qu'Adrien la devança, changeant le timbre de sa voix du tout au tout.

Ce fut à ce moment précis qu'aux yeux de Bernadette la ressemblance s'arrêta net.

— Fatiguée, Bernadette ? demanda Adrien avec une sollicitude que Marcel avait toujours été incapable de manifester.

Bernadette esquissa un bref sourire. Malheureusement, la détente entre eux fut de courte durée !

Si le ton employé par Adrien lui plaisait, Bernadette, par contre, n'entendit pas toute l'affection qu'il y avait dans cette banale question. Une question bien mal choisie et qui n'aurait jamais dû être posée. Elle tourna la tête vers son beau-frère avec impatience, irritée, respirant bruyamment par les narines.

Pourquoi fallait-il que tout le monde s'imagine qu'elle était fatiguée dès qu'elle ne souriait pas de toutes ses dents ? Quand ce n'était pas les enfants, c'était Marcel ou Évangéline qui la regardaient de travers tout en passant des remarques désobligeantes et voilà que ce matin, Adrien se mettait de la partie. C'était harassant à la longue !

— Non, chus pas fatiguée, objecta-t-elle, de toute évidence en colère. Ben au contraire ! J'avais toute pour être de ben bonne humeur, à matin, pis ben en forme, mais y a fallu que…

Du bout des doigts, Bernadette balaya l'air devant elle. L'humeur de Marcel ne regardait pas Adrien.

— C'est sans importance… Pourquoi c'est faire

que je serais fatiguée, je te le demande un peu ?

— Parce que tu en fais beaucoup. La maison, l'épicerie...

— Ben justement, l'épicerie ! Je peux sûrement pas être fatiguée à cause de l'épicerie pasque de c'te bord-là, toute va comme sur des roulettes. Pis pour le reste, c'est comme d'habitude ! Bâtard, ça fait quasiment trente ans que je vis icitte pis que je m'occupe de l'ordinaire. C'est sûrement pas ça qui va se mettre à me fatiguer de même, tout d'un coup !

Comme trop souvent, hélas, quand elle retrouvait son beau-frère après une longue absence, Bernadette n'était pas à l'aise. Pourtant, cette fois-ci, les gestes, les émois, même les sentiments auraient dû être différents. Elle s'attendait à ce qu'ils soient différents. Après tout, sa relation avec Marcel s'était grandement bonifiée depuis un an. Plus de respect entre eux, de complicité, d'entente, même au sujet des enfants, ce qui n'était pas peu dire !

Alors pourquoi ce tressaillement du cœur et des mains, ce matin, alors qu'elle se retrouvait face à Adrien ? Pourquoi cette voix tendue et ces mots en mitraille quand elle lui parlait ?

L'éternelle question, celle qu'elle se posait inlassablement à chaque visite d'Adrien, lui traversa alors l'esprit.

Pouvait-on aimer deux hommes à la fois ?

Bernadette n'avait jamais pu répondre clairement à cette interrogation et en ce moment, elle ne voulait surtout pas y répondre, parce qu'elle aurait envie de dire oui. Quoi d'autre pourrait faire débattre son cœur aussi fort et trembler ses mains à ce point ?

Bernadette se retourna face à l'évier dès qu'elle comprit qu'Adrien se levait pour venir la rejoindre. Elle tendit la main vers l'armoire pour prendre un verre et elle le remplit d'eau fraîche. Le geste n'était pas une simple dérobade. Bernadette avait réellement besoin d'un peu d'eau, car sa gorge était présentement comme du papier sablé. Elle avait peur de perdre tous ses moyens si Adrien se postait derrière elle et posait les mains sur ses épaules comme il avait coutume de le faire quand ils étaient seuls. Elle ne voulait pas avoir envie de s'abandonner contre lui. Elle ne voulait pas entacher sa relation avec Marcel pour quelque chose qui n'existait peut-être plus que dans ses souvenirs.

Le temps de prendre quelques longues gorgées d'eau et Bernadette arriva à s'esquiver adroitement, passant entre le comptoir et Adrien avant qu'il arrive à sa hauteur.

— Michelle est pas levée ? demanda-t-elle en retirant vivement le couvert d'Adrien pour éviter d'avoir à soutenir son regard.

Un coup d'œil sur l'assiette encore pleine et Bernadette la replaça aussitôt sur la table avant de se diriger vers la porte menant au corridor tout en ajoutant d'un même souffle :

— M'en vas aller voir si ta fille est réveillée pour y demander…

— Michelle n'est pas là.

Bernadette s'arrêta brusquement et pivota vers Adrien, sourcils froncés. Parler de Michelle l'aidait à se détendre parce que c'était moins compromettant.

— Pas là ?

— Non. Ma mère est partie se promener avec elle en soulignant qu'enfin, elle aurait quelqu'un avec qui partager ses promenades. Elle a ajouté qu'ensuite elle l'emmènerait manger au casse-croûte pour dîner.

— Ah bon… A' l'aurait pu m'avertir… Mais c'est vrai que depuis un boutte ta mère trouve le temps long en verrat.

— Ah oui ? Pourquoi ?

Adrien avait regagné sa place. Il fit la grimace quand il prit une gorgée de café froid. Bernadette tendit la main.

— Donne !

Bernadette prit la tasse, se retourna vers l'évier et y jeta le breuvage refroidi. Ces petits gestes du quotidien éloignaient la tension et les battements de cœur trop rapides.

— À t'entendre parler, j'ai ben l'impression que ta mère t'a pas mis au courant de toute ce qui se passe icitte depuis un boutte.

Bernadette se sentait de plus en plus à l'aise. Parler de la famille, faire du café, se répéter que dans un instant elle serait en bas à faire le ménage… Autant de choses dont la banalité pouvait aider à dissiper les malentendus et les malaises. Elle était peut-être la seule à oser croire que des liens privilégiés existaient encore entre Adrien et elle. Peut-être. Elle ne le savait pas, Adrien n'en parlait plus jamais. Mais si elle avait encore des doutes la semaine dernière, ou des espoirs, car Bernadette n'arrivait pas à comprendre clairement ce qu'elle ressentait, elle venait d'être confrontée à ses propres fantômes: ce n'était pas parce que tout allait mieux entre Marcel et elle que les sentiments étaient morts à l'égard d'Adrien, elle venait d'en prendre durement conscience. À elle maintenant de se gouverner en conséquence.

Bernadette prit alors une profonde inspiration et tout en préparant un nouveau café pour son beau-frère, elle lança par-dessus son épaule:

— C'est tout un hiver qu'on a vécu, tu sauras! Ouais, tout un hiver... À commencer par la nouvelle orientation de l'épicerie... Donne-moé le temps de me servir un café, moé avec, pis j'vas toute te raconter ça!

Quand Adrien eut fini de manger ses rôties et bu son café, il savait tout ou presque de l'amitié surprenante qui liait Évangéline et Roméo.

— Juste une connaissance, comme dirait ta mère, mais j'ai pour mon dire que ça ressemble à autre chose!

Le ton était malicieux.

Puis, Adrien fut à même d'apprécier les nouvelles tendances culinaires de l'épicerie.

— Une idée de Laura, ça, d'avoir des produits fins, des produits d'importation. Pis tiens-toé ben, mon Adrien, ça marche! Au point que je pense qu'on va pouvoir sauver notre commerce avec ça. Tu te rappelles, hein, que l'an dernier, ça allait pas fort? Ben on dirait que c'te mauvais passage-là est enfin en arrière de nous autres.

Cette fois, le ton était soulagé.

Ensuite, Adrien apprit qu'Antoine préparait une autre exposition.

— À l'autre boutte des États-Unis, c'te fois-citte. À Los Angeles, toé ! Ça se peut-tu ? C'est pas mêlant, Adrien, je pensais jamais que je serais aussi fière d'un de mes enfants !

Et maintenant, le ton était heureux.

Finalement, Bernadette termina avec le sujet le plus épineux : les amours inattendues et inopportunes de Laura avec un Gariépy.

— Ça, par exemple, je sais pas trop comment ça va finir, reconnut Bernadette avec une pointe de fatalité dans la voix. On avait décidé, Laura pis moé, de demander à la tante Estelle de parler à Évangéline, mais même elle, a' savait pas trop comment annoncer ça. Ça fait que Laura s'est tannée d'attendre après Estelle, pis un bon jour, sur un coup de tête, a' l'a parlé elle-même à ta mère qui, tu dois ben t'en douter, veut rien savoir de c'te projet-là. Rien pantoute ! Pour elle, pas question qu'un Gariépy mette les pieds icitte, dans sa maison, tant que son ancienne amie, Arthémise, se sera pas excusée. Mettons que ça crée des tensions dans la maison… pis ailleurs aussi, bâtard ! Pasqu'avant que ta mère apprenne que Laura sortait avec Bébert, Robert Gariépy de son nom de baptême, les deux femmes étaient comme cul pis chemise, si tu veux ben excuser l'expression. Mais c'est vrai ! Toutes les deux avaient l'épicerie à cœur comme ça se peut pas pis les projets étaient discutés à deux ben avant qu'a' nous en parlent. Mais depuis que ta mère a appris pour Bébert, c'est ben juste si Laura salue ta mère au passage pis Évangéline, elle, a' lève même pus le p'tit doigt pour nous aider, bâtard !

Finalement, le ton était inquiet et le long monologue de Bernadette se termina sur un profond soupir.

— C'est pour ça que je t'ai dit que ta mère trouvait le temps long.

— Et c'est donc pour ça que Laura n'est plus ici…

— Comment ça, pus icitte ?

Bernadette promena un regard perplexe autour d'elle comme si Laura était pour se matérialiser et tout expliquer.

Puis elle revint à Adrien.

— Que c'est tu vas penser là, toé ? demanda-t-elle sur la défensive, prête à protéger la vertu de sa fille bec et ongles. Ma fille, c'est quèqu'un de ben élevé, tu sauras. C'est pas pasqu'a' l'est en amour qu'a' vit pas icitte. Comme tu dois ben t'en douter, est pas encore mariée !

Adrien haussa les épaules.

— Pourtant, je ne l'ai pas vue ce matin, insista-t-il.

— A' devait travailler, déclara Bernadette sur un ton suffisamment ferme pour tuer toute tentative de riposte. Ces jours-là, a' part ben de bonne heure, le matin. Avec Angéline, la fille à Estelle qui s'est acheté un beau char neuf l'an dernier. Tu sauras que Laura quitte la maison juste après nous autres, Marcel pis moé, trois matins sur cinq toutes les semaines ! Charles part pour l'école vers huit heures, pis Antoine, lui, y' dort pas toujours dans son lit rapport qu'y' fait de la peinture jusque ben tard le soir, surtout depuis un mois pasque justement y' prépare ses toiles pour son exposition… Ouais, dans c'te temps-là, y' reste coucher en bas… Non, si t'as pas vu Laura, c'est juste qu'a' devait travailler aujourd'hui, répéta Bernadette, obstinée.

Pourtant, elle savait qu'habituellement Laura ne travaillait pas le jeudi, et on était bien jeudi, n'est-ce pas ?

— Comme tu t'es levé plus tard que les autres, t'as rien vu aller, conclut finalement Bernadette en regardant Adrien droit dans les yeux.

Devant la mine renfrognée de Bernadette, Adrien n'osa dire qu'à sept heures, même s'il ne s'était pas levé, il était déjà réveillé. La nuit avait été pénible sur le divan du salon et son sommeil, plutôt agité, alors s'il prétendait que Laura n'était pas là, c'est qu'il en était convaincu.

— Si tu le dis…

Bernadette leva les yeux au ciel devant l'évidente mauvaise foi de son beau-frère.

— Que c'est tu voudrais que je dise d'autre vu que c'est la vérité ? Bon, c'est ben beau jaser, mais astheure que tu sais toute ce qu'y avait à savoir, j'vas aller me changer.

Bernadette était déjà debout.

— Chus revenue pour faire le ménage du p'tit logement, pis…

— Pas question.

Adrien aussi était debout.

— Comment ça, pas question ?

Du geste vif de l'habitude, Bernadette avait raflé toute la vaisselle sale qui traînait sur la table.

— T'es toujours ben pas pour t'installer en bas avec ta fille dans un logement qui sent la peinture pis la térébenthine à plein nez, déclara-t-elle, une pile d'assiettes en équilibre sur son avant-bras et les deux tasses suspendues aux doigts de l'autre main. Ça pue en verrat, ces produits-là !

Bernadette jeta un bref coup d'œil à l'horloge sur le mur.

— De toute façon, si Antoine est pas encore levé, c'est le temps qu'y' le fasse. Comme y' était pas dans son lit à matin, y' doit ben être en bas. Pas sûre qu'y' va être content d'avoir à se déménager encore une fois, mais c'est ça que ta mère a décidé pis y' aura pas le choix d'obéir.

— D'accord, même si ça me gêne un peu de déranger tout le monde comme ça. Mais une fois Antoine prévenu, ce n'est pas à toi de faire le ménage. Je vais m'en occuper.

— Ben voyons don, toé !

Bernadette était devant l'évier. Elle ajusta la température de l'eau et sortit le savon à vaisselle tout en hochant la tête comme si l'objection d'Adrien était hors de propos.

— C'est toujours bien pas de ta faute si je suis arrivé à l'improviste.

— Ça c'est vrai.

Bernadette se retourna un instant pour sonder Adrien du regard. Lentement, la complicité qui avait été si facile à se créer entre eux refaisait surface. Tant qu'ils s'en tenaient aux mots qui parlaient du quotidien, Bernadette était détendue avec lui. Elle esquissa un sourire.

— C'est vrai que j'ai rien à voir avec le fait que tu

soyes arrivé au beau milieu de la nuit, mais c'est pas une raison pour...

— Oui, c'est une raison. Ce n'est sûrement pas à toi de faire les frais à cause de Maureen qui...

Au nom de sa femme, Adrien laissa échapper un soupir qui en disait long sur son état d'esprit.

— Et si on faisait le ménage ensemble? proposa-t-il en conclusion à sa phrase laissée en suspens. Ça me donnerait l'occasion de te parler, à mon tour.

Ça, c'était quelque chose que Bernadette pouvait accepter, d'autant plus qu'il y avait une gravité inhabituelle dans la voix d'Adrien.

Et peut-être finirait-elle par comprendre pourquoi son beau-frère et Michelle étaient arrivés en pleine nuit!

— Ben allons-y don pour le ménage! lança-t-elle joyeusement en commençant à laver les assiettes. Le temps de faire la vaisselle, de me changer, pis on descend en bas tous les deux. Comme tu viens juste de déjeuner, que Michelle pis ta mère seront pas là, que mon Charles mange à l'école le jeudi, pis que le midi je m'occupe jamais d'Antoine, aujourd'hui, j'aurai pas de repas à préparer. On va avoir toute notre temps pour faire un bon ménage pis jaser en même temps.

Adrien avait pris un linge pour essuyer les assiettes que Bernadette déposait sur le comptoir.

— Merci, Bernadette. Moi aussi j'ai bien des choses à dire, tu sais, déclara-t-il d'une voix grave et feutrée, comme s'il avait peur que quelqu'un l'entende.

Puis il déposa l'assiette qu'il avait à la main et dans un moment de grande tendresse à l'égard de sa belle-sœur, il posa une main toute légère sur son épaule avant de la caresser d'un geste tout en rondeur.

À ce contact, aussi éthéré fût-il, cela devint plus fort qu'elle: Bernadette tressaillit comme sous l'effet d'une intense brûlure. Alors, malgré toute l'affection qu'elle ressentait pour Adrien, ou peut-être, justement, à cause d'elle, Bernadette recula d'un pas et tout doucement, elle souleva la main qui caressait son épaule. Puis, plantant son regard dans celui de son beau-frère, elle répondit sur le même ton étouffé:

— Non, Adrien… S'il vous plaît, rends pas les choses plusse compliquées… Je… Chus ben assez mélangée comme ça… Pour astheure, on va se dépêcher de faire la vaisselle pis le ménage. C'est ça qui est important, juste ça, pasque moé, après, j'aimerais ben ça avoir une couple d'heures de libre pour visiter mes clientes Avon…

* * *

Au même instant, à quelques rues de là, Laura s'apprêtait à quitter le logement de Bébert pour retourner chez elle. Hier, elle avait décidé de passer la nuit chez lui, au détriment des conséquences possibles, et à deux, ils avaient choisi de ne pas attendre le mariage pour faire vie commune.

— Chus sûr que mes parents seront pas contre, avait analysé Bébert, heureux comme pas un de voir que Laura osait enfin défier la sacro-sainte autorité de ses parents. Eux autres avec, y' trouvent que ça commence à faire, les attentes pis les excuses! Prendre notre décision tout seuls, toi pis moi, c'est peut-être une façon de faire qui éviterait encore plus de chicanes.

Alors, au programme, en cette belle journée d'été, Laura s'apprêtait à retourner chez elle pour préparer une valise contenant l'essentiel de ses vêtements. En fin d'après-midi, Laura trouverait un moyen pour la transporter chez son amoureux. À défaut de pouvoir dire son « mari », c'est ainsi que la jeune femme appelait Bébert quand elle pensait à lui.

— Ma valise, je vais la transporter chez nous, rectifia Laura à voix basse en jetant un dernier regard sur le salon avant de refermer la porte sur elle. Ici, ça ne sera plus juste chez Bébert, ça va être chez nous maintenant.

Cela lui avait pris tout l'avant-midi pour se décider à partir et malheureusement, à l'instant où elle s'apprêtait à le faire, au lieu du plaisir anticipé, c'était de la nostalgie qu'on entendait dans la voix de Laura.

Si préparer ses effets occuperait la majeure partie de sa journée, discuter avec sa mère finirait de remplir les heures qu'elle passerait sous le toit familial, et c'était là où le bât blessait. Malgré toute la détermination qu'elle avait mise dans sa décision, Laura avait le cœur gros.

Ce n'était pas ainsi qu'elle avait envisagé son départ de la maison de son enfance. En premier lieu, il aurait dû y avoir un mariage par un beau samedi d'automne et pour l'occasion, elle aurait porté une longue robe blanche brodée de perles tandis que Francine aurait été sa demoiselle d'honneur, tout aussi élégante.

Bébert aussi aurait été le plus beau des hommes, vêtu d'un bel habit gris — ils l'avaient même repéré dans la vitrine chez Moore's — et c'est au bras de son père que Laura aurait remonté la longue allée centrale de l'église paroissiale, sous le regard attendri des parents et amis. Il y aurait eu des fleurs, blanches et roses, de la joie partagée et une belle réception.

Et sa mère aurait probablement versé quelques larmes d'émotion.

Mais à cause de sa grand-mère, il n'y aurait rien de tout cela, et les larmes que Laura avait envie de verser, ce matin, n'étaient pas joyeuses du tout, car pour elle, pas question de mariage si Évangéline n'y était pas ! Par contre, elle était d'accord avec Bébert : ils avaient suffisamment patienté. Dorénavant, ils ne remettraient pas leur avenir entre les mains de deux vieilles femmes qui semblaient éprouver un malin plaisir à rester sur leurs positions.

— On a assez attendu, Laura ! Tu te rends-tu compte ? Ça fait au-delà de quarante ans que ma grand-mère pis la tienne se boudent. Quarante ans, sapristi ! Pas sûr, moi, que ça va changer demain matin, ça là. Pas sûr pantoute !

— Moi non plus.

— Alors ?

Laura avait alors haussé une épaule indécise.

— Est-ce qu'on a le choix, Bébert ? avait-elle demandé, tentant bien plus de se convaincre elle-même. On se passe de leur permission pis on fait comme on a envie. Et on le fait tout de suite.

C'est à ce moment-là que Laura avait décidé de

rester dormir chez Bébert, promettant de récupérer l'essentiel de ses choses dès le lendemain puisqu'elle ne travaillait pas.

Et c'est exactement ce que Laura s'apprêtait à faire malgré la peur qui lui nouait le ventre et les larmes qui menaçaient de déborder à tout moment. Pourtant, ce matin, avant de partir pour le garage, Bébert avait été particulièrement gentil avec elle. Et drôle, aussi, pour détendre l'atmosphère, mais dès la porte refermée sur lui, Laura avait effacé son sourire et elle avait ressenti une immense anxiété devant le geste qu'elle allait poser plus tard dans la journée.

Comment ses parents prendraient-ils la nouvelle ?

Puis, quand le soleil avait tourné le coin de la maison, délaissant la chambre à coucher et glissant un premier rayon vers le salon, Laura s'était enfin décidée à partir.

Tout au long de la route, elle marmonna, se préparant à affronter sa mère… ou sa grand-mère, si toutefois Bernadette était absente. Jamais la jeune femme ne pourrait vider sa garde-robe et ses tiroirs en espérant passer inaperçue ! Donc, elle n'avait pas le choix : elle devrait s'expliquer à quelqu'un.

— Mon Dieu, je Vous en supplie, faites que ma mère soit là !

Autant Laura avait toujours trouvé plus facile de se confier à Évangéline au fil des années, la vieille dame ayant toujours été sensible à ses états d'âme, autant aujourd'hui, Laura préférerait livrer ses choix de vie à sa mère. Bien sûr, elle s'attendait à des objections, peut-être aussi à des menaces.

— Mais au bout du compte, je suis certaine que moman, elle, va finir par nous comprendre, soupira-t-elle.

D'un pas à l'autre, Laura tentait de s'en convaincre !

Alors que le chemin entre l'appartement de Bébert et la maison de sa grand-mère prenait, en tout et pour tout, à peine quinze minutes, Laura trouva le moyen d'étirer la promenade au maximum et ce n'est que trente minutes plus tard qu'elle passa enfin devant le casse-croûte de monsieur Albert, croyant apercevoir Évangéline du coin de l'œil. Sans vérifier autrement, Laura se fit discrète et se faufila dans la foule des passants, un peu plus rassurée. Si sa grand-mère était attablée chez monsieur Albert, cela voulait dire qu'il n'y avait que sa mère à la maison.

À moins que l'appartement ne soit vide, tout simplement, ce qui arrivait de plus en plus régulièrement, maintenant que son petit frère Charles préférait dîner à l'école.

Laura s'autorisa un petit soupir d'espoir tout en se répétant que d'une façon ou d'une autre, elle ne pourrait échapper aux explications indéfiniment. Mais pour l'instant, le plus tard lui semblait le mieux !

Néanmoins, quand elle tourna le coin de la rue, Laura redressa les épaules, au cas où il y aurait quelqu'un à la fenêtre. Pour faire passer le message, elle devait dégager une assurance à toute épreuve, sachant pertinemment que l'image corporelle avait autant de poids et d'importance que les mots qu'elle allait prononcer.

C'est alors qu'elle aperçut l'auto de son oncle Adrien. Nulle erreur possible, il n'y avait que lui pour se promener dans cette antiquité bleu ciel ! Oubliant ses tracas pour un instant, Laura fronça les sourcils.

— Veux-tu bien me dire ce qu'il fait chez nous, lui ? murmura-t-elle en ralentissant le pas. Je ne me souviens pas que grand-moman ait parlé d'une visite possible… Je me demande si Michelle est avec lui.

Marchant toujours aussi lentement, Laura osa esquisser un petit sourire. Si l'oncle Adrien et Michelle étaient là, sa mère serait sûrement de bonne humeur.

— Ça ne devrait pas nuire, murmura alors la jeune femme, revenant sur-le-champ et bien malgré elle aux explications qu'elle aurait à donner.

Comme pour lui donner raison, à l'instant où elle arrivait devant la maison, la porte du logement qui servait d'atelier à son frère s'ouvrit sur une Bernadette détrempée de sueur, un seau et une vadrouille à la main. Dans l'ombre de l'entrée, Laura devina aisément la silhouette élancée de son oncle Adrien.

À peine un pied posé sur le perron, apercevant sa fille, Bernadette s'arrêta pile. Les épaules bien droites et les mains dans les poches, Laura semblait l'attendre. Bernadette eut alors l'impression que celle-ci la défiait du regard et cela lui fut extrêmement désagréable.

Et comme si cela ne suffisait pas, Laura portait un jeans qui ressemblait étrangement à celui qu'elle avait hier soir au souper, d'un bleu un peu délavé comme c'était la mode depuis quelques mois.

Laura n'arrivait donc pas de travailler, car elle s'habillait alors d'une jupe et d'un chemisier. Cela laissait donc supposer que sa fille n'était même pas rentrée coucher.

Adrien aurait-il eu raison ?

Le sang de Bernadette ne fit qu'un tour.

Déposant chaudière et vadrouille sur le perron, elle descendit les quelques marches qui menaient au carré de pelouse précédant le trottoir. Son regard ulcéré s'opposait à celui de Laura, décidé, alors que la jeune femme continuait de la fixer intensément, et quand les premiers mots sortirent de la bouche de Bernadette, froids comme un vent de janvier, le message était on ne peut plus explicite.

— T'as don ben fini de travailler de bonne heure, ma Laura ! C'est tant mieux, on a de la belle visite !

Au ton employé, curieusement acidulé et mielleux en même temps, Laura comprit aisément qu'elle n'aurait pas le choix de souscrire au mensonge de sa mère et elle admit, simultanément, que Bernadette Lacaille n'était pas dupe : elle avait probablement deviné d'où elle venait. Laura avala sa salive tout en concluant intérieurement que le moment n'était pas propice aux explications. Devant Adrien, pas question de dire la vérité : sa mère ne l'accepterait tout simplement pas.

Retenant un soupir, la jeune femme se dit que le chat sortirait bien assez vite du sac et elle afficha un sourire de circonstance. La main tendue, elle avança vers son oncle qui venait de paraître sur la galerie.

— Mononcle ! Je suis vraiment contente de te voir. Je... J'avais vu ton auto ce matin quand je suis partie pour le travail, improvisa-t-elle pour donner plus de crédibilité au mensonge de Bernadette qui venait de se faire sien.

Décontenancée, Laura disait un peu n'importe

quoi, les mots s'imposant avant qu'elle puisse réfléchir. Elle espérait simplement qu'elle n'était pas en train de se nuire en parlant de l'auto d'Adrien, car elle ignorait totalement à quel moment son oncle était arrivé.

— Michelle n'est pas avec toi ? demanda-t-elle enfin.

— Bien sûr qu'elle est avec moi ! Qu'est-ce que tu crois ? Mais pour l'instant, elle est partie avec ta grand-mère ! répliqua joyeusement l'oncle des États comme Laura l'avait longtemps appelé.

Il était heureux de voir Laura même s'il sentait que cette arrivée inopinée ne plaisait pas à Bernadette sans qu'il comprenne pourquoi. Laura, elle, continuait de parler.

— Ah ! Je vois... Avec ma grand-mère...

— Ouais, avec ta grand-mère, intervint Bernadette, l'œil toujours aussi mauvais. T'as quèque chose contre ça ?

Le regard de Laura passa d'Adrien à Bernadette sans trop savoir où se poser. Les mots sonnaient faux, de part et d'autre, et de toute évidence, le sourire de Laura était forcé même si la poignée de main et la brève accolade d'Adrien étaient chaleureuses.

La jeune femme se dégagea rapidement et se tourna franchement vers sa mère dont le regard était de plus en plus menaçant.

— Non, j'ai rien contre ça.

Sur ce, Laura sortit une main de son jeans et montra son pantalon.

— J'avais juste un peu de classement à faire au bureau, fit-elle en guise d'explication, sur un ton désinvolte. C'est pour cela que j'ai mis un jeans ce matin... Maintenant, vous allez m'excuser, mais je voudrais faire un bon ménage dans ma chambre.

Laura monta l'escalier deux marches à la fois. Sans un regard derrière elle, la jeune femme entra dans la maison, enfila le long corridor en courant et finalement elle s'appuya contre le battant de la porte de sa chambre dès qu'elle l'eut refermé.

Son cœur battait la chamade.

Toutes les tensions des derniers mois, exacerbées par l'incident qui venait de se produire, formaient une boule d'émotion dans sa gorge, dure et résistante, l'empêchant presque de respirer.

Fermant les yeux, Laura s'appliqua à inspirer longuement jusqu'à ce que son cœur s'assagisse.

Cette arrivée, qui ne ressemblait en rien à ce qu'elle avait tenté d'imaginer, eut au moins le bénéfice d'éloigner les larmes.

Pourquoi pleurerait-elle, de toute façon ? Elle n'était plus une enfant et venait d'en prendre toute la mesure. Le temps des permissions venait de se terminer, ce matin, à quelques pas de l'escalier menant à l'appartement de sa grand-mère. Plus question pour elle de se sentir aussi mal une seconde fois.

— Comme le dit Bébert, il était temps de se décider, constata-t-elle à voix basse. Ça commence à être ridicule de toujours me sentir coupable, fautive de quelque chose. Comme si j'étais encore une adolescente !

Laura soupira bruyamment.

— Une couple de minutes pour me détendre

encore un peu pis je parle à moman. Un point, c'est tout. Je ne demande rien, je la mets devant un fait accompli. Pas sûre qu'elle va tout accepter sans dire un mot, mais tant pis. Et tant qu'à y être, je vais en profiter pour tout dire en même temps, maudite marde ! Je vais avouer bien calmement que j'ai envie de travailler à l'épicerie, si popa et elle veulent encore de moi, pis je vais lui annoncer que j'ai décidé de vivre avec Bébert sans attendre après un mariage qui ne se ferait probablement pas, de toute façon. Si tout se passe un peu croche, ce n'est pas de ma faute. C'est à cause de grand-moman. C'est pas sorcier à comprendre, ça ! Pis c'est pas méchant, non plus, de vouloir enfin vivre ensemble, Bébert et moi. Depuis le temps... De toute façon, des mariages, il y en a de moins en moins... Maintenant, mes vêtements !

Laura commença par vider ses tiroirs à gestes saccadés, l'esprit toujours tourné vers sa mère.

De façon méthodique, elle empila toutes ses affaires sur le lit. Les chandails avec les chandails, les sous-vêtements avec les sous-vêtements, les bas avec les bas, jugeant que le tri serait plus facile à faire ainsi. Dans un premier temps, elle n'emporterait que l'essentiel, les vêtements qu'elle préférait.

Quelques instants plus tard, il y eut le claquement d'une porte donnant sur l'extérieur. Laura sursauta.

Sa mère s'en venait-elle la rejoindre ?

L'instant d'après, derrière deux portes closes, celle de sa chambre et celle de la cuisine, du moins se l'imaginait-elle, Laura perçut la rumeur assourdie d'une conversation. Elle reconnaissait sans peine la voix grave et pondérée de son oncle Adrien et celle de sa mère, en contrepartie, plus aiguë, plus nerveuse.

Laura se mordilla la lèvre inférieure. Bernadette Lacaille devait être dans tous ses états pour parler sur ce ton pointu.

Laura arrêta brusquement de faire le va-et-vient entre son lit et la commode, puis elle tendit l'oreille. Peine perdue, les voix étaient trop feutrées pour y comprendre quoi que ce soit. La jeune femme ferma les yeux durant une seconde, se disant qu'elle devait probablement faire les frais de cette discussion qui, malgré la distance et les portes fermées, semblait relativement enflammée.

Et dire que son départ de la maison aurait dû être un moment de joie pour tout le monde !

Laura reprit le tri de ses vêtements, le cœur lourd, l'esprit encombré de mille et une pensées. Elle se promit de rejoindre sa mère dès que le murmure des voix cesserait dans la cuisine.

Connaissant sa mère comme elle la connaissait, Laura se doutait bien que Bernadette préférerait avoir une discussion seule à seule avec sa fille.

La jeune femme eut donc le temps de vider la commode au grand complet, de choisir ce qu'elle allait emporter dès aujourd'hui, ce qu'elle viendrait chercher plus tard et ce qu'elle comptait donner aux pauvres avant de prendre conscience que l'appartement était silencieux.

Une porte se refermant à l'étage inférieur lui confirma que son oncle était bel et bien descendu.

Laura inspira bruyamment et longuement.

Aussi bien en profiter tout de suite avant que sa grand-mère revienne à la maison. Une conversation à trois, surtout sur le sujet qu'elle voulait aborder, ne serait pas l'idéal, et tout le monde risquerait de s'échauffer le sang et de laisser échapper quelques paroles malencontreuses. Ce n'était pas du tout ce que la jeune femme souhaitait.

À défaut d'un mariage célébré dans l'allégresse, Laura espérait au moins quitter la maison familiale sur un ton cordial. Cependant, à peine avait-elle fait quelques pas en direction de la porte qu'un coup discret y était frappé.

— Laura ? C'est moé, ta mère. Je peux-tu entrer ?

Laura dut prendre une profonde inspiration avant d'être capable de répondre, le cœur encore une fois parti au grand galop.

— Oui, moman, entre !

La poignée tourna lentement et Bernadette glissa un regard furtif par la porte entrebâillée. La vue des quelques piles de vêtements sur le lit accentua aussitôt la lueur d'inquiétude que Laura avait cru apercevoir dans le regard de sa mère. Elle eut quand même la présence d'esprit de se dire qu'au moins, sa mère ne semblait plus en colère.

Durant un bref moment, la mère et la fille se dévisagèrent avec intensité. C'est alors que Laura comprit qu'au-delà de l'inquiétude, il y avait aussi beaucoup de tristesse dans les yeux de sa mère. Cela lui fut aussitôt intolérable. Elle tendit la main, une main qui tremblait légèrement.

— Viens, moman, suggéra-t-elle d'une voix nouée

par l'émotion. Je pense qu'on a pas mal de choses à se dire.

Bernadette approuva d'un hochement de tête un peu lent, comme si le geste était initié par une intense réflexion.

— Ouais… pas mal.

D'une démarche hésitante, comme si elle était gênée, Bernadette entra lentement dans la chambre et d'un geste maladroit, elle repoussa quelques vêtements pour s'asseoir sur le bord du matelas, au pied du lit.

Puis, elle regarda tout autour d'elle.

Comment initier le dialogue ? Comment le faire surtout sans éclater en sanglots ? C'est à ce moment que le regard de Bernadette buta sur les rideaux de mousseline qu'Évangéline avait jadis cousus pour la petite Laura.

— Je me rappelle encore du jour où ta grand-mère a cousu c'tes rideaux-là pour toé, déclara-t-elle d'une voix légèrement chevrotante. Verrat que t'étais fière, Laura ! Tu disais que t'avais une chambre de princesse.

Il n'en fallut pas plus pour qu'à son tour Laura remonte dans le temps et qu'elle esquisse un sourire nostalgique.

— Moi aussi, je m'en souviens, fit-elle d'une voix tout aussi émue que celle de Bernadette.

Après un court silence, elle ajouta :

— Il y a des choses, comme ça, que je ne pourrai jamais oublier.

À ces mots, Bernadette tressaillit, le cœur en émoi.

Elle sentait bien que Laura, que sa grande fille Laura, était en train de faire certains adieux.

— Dans le fond, pis malgré certaines apparences, ta grand-mère Évangéline, c'est une bonne personne, poursuivit-elle, espérant que Laura ajouterait ce constat avec tous les autres… Faudrait surtout pas négliger ça.

— Je le sais, moman. C'est probablement pour ça que c'est si long et si compliqué, toute cette histoire-là.

À demi-mot, tout doucement, elles en venaient au cœur du sujet.

— Ouais… dans le fond, t'as pas tort de penser de même, ma belle… C'est pasqu'on l'aime ben, notre Évangéline, que c'est long pis compliqué.

— Exactement… Je…

De la main, Laura montra son lit, estimant que la vue des piles de vêtements était sans doute, pour sa mère, un indice suffisamment éloquent de ce qu'elle s'apprêtait à faire.

— Je… Bébert pis moi, on en a assez d'attendre, moman.

Bernadette hocha la tête, les yeux particulièrement brillants.

— Je peux comprendre ça… En fait, c'est ton oncle Adrien qui m'a aidée à comprendre ça…

Laura esquissa un sourire timide.

— Je me doutais bien, aussi, que la présence de mononcle Adrien faciliterait certaines choses.

— Ouais, dans un sens, c'est petête vrai…

Bernadette osa un petit regard vers sa fille.

— Avec lui, c'est facile de parler. Ça l'a toujours

été. Plusse qu'avec ton père, même si c'est plate à dire. Pis moé, quand je parle, je comprends mieux. Je me comprends mieux.

— Comprendre ? Qu'est-ce qu'il y avait à comprendre, moman, que tu ne comprenais pas encore ?

Les mots continuaient à se dire du bout des lèvres et les émotions étaient à fleur de cœur.

Bernadette haussa les épaules et regarda une seconde fois autour d'elle avant de revenir à Laura.

— Un peu de toute, verrat ! C'est tellement pus pareil aujourd'hui ! Dans mon temps, jamais j'aurais pensé à m'en aller de chez nous avant le mariage. On se fera pas des accroires, hein, Laura ?

— Non, moman, on ne se fera pas des accroires.

— Dans c'te cas-là, on va dire les choses ben clairement. T'en aller, ben, c'est ça que t'es en train de faire, comme ça, par un beau matin d'été sans qu'on aye pu en discuter avant. Comme si c'était juste normal de s'en aller de chez ses parents par un beau matin d'été.

Bernadette avait assez bien résumé la situation et Laura en avait la gorge tellement nouée qu'elle ne put rien ajouter. De toute façon, que dire de plus ? Sa mère avait tout deviné.

— Veux-tu que je te dise, Laura ? Je m'y attendais un peu… Mais ça a pas tellement d'importance, tout ça. Pas tellement. C'est un peu ça que ton oncle Adrien m'a fait comprendre. Que d'une manière ou d'une autre, l'important, c'est que tu soyes heureuse. Pis on dirait ben que pour l'être, t'as besoin de ton Bébert. C'est correct. Ton père pis moé, on a rien contre. On te l'a déjà dit. De toute façon, à l'âge que t'es rendue, t'as besoin de personne pour te conseiller.

Bernadette parlait sur un ton très particulier, à la fois un peu cassant, sans expression, comme si elle débitait un rôle appris par cœur, mais en même temps fiévreux, chargé d'une grande émotion. À un point tel que Laura se demanda qui sa mère cherchait vraiment à convaincre.

— Pis en plusse, t'es pas une tête folle, poursuivit Bernadette sans reprendre son souffle. Tu l'as jamais été. À partir de là, que c'est tu veux que je dise de plusse ? Va le rejoindre, ma fille. Va rejoindre l'homme que t'as choisi. Moé avec, crains pas, je le sais ben que le mariage est pas à la veille de se faire. À moins d'agir dans le dos de ta grand-mère, comme de raison, d'agir contre sa volonté. Mais je te connais assez pour savoir que jamais tu ferais ça.

— Effectivement, tu me connais bien ! Je ne peux pas imaginer le jour de mon mariage sans la présence de grand-moman.

— Bon ben… C'est sûr que la belle-mère va avaler tout croche quand a' va apprendre que t'as décidé de vivre quand même avec Bébert.

Il y avait enfin un peu d'espièglerie dans la voix de Bernadette.

— Mais avec Adrien pas trop loin pour y faire entendre raison, a' va finir par accepter…

— J'espère…

— C'est sûr.

La voix de Bernadette prenait de l'assurance.

— Ta grand-mère t'aime ben que trop pour te tenir rigueur ben ben longtemps, affirma-t-elle, catégorique.

T'es pas Arthémise, toé, t'es Laura, sa petite-fille. C'est pas pantoute la même affaire. Veux-tu que je te dise de quoi ? Si y a une façon d'amener ta grand-mère à revoir ses positions, c'est probablement en agissant comme t'es en train de le faire.

— Ah oui ?

— Ouais… C'est ce qu'Adrien pense, en tout cas. Des fois, rien de mieux qu'une bonne douche d'eau froide pour réveiller les esprits. C'est ça que ton oncle a dit, t'à l'heure. Pis dans un sens, j'y donne pas tort.

— Comment ça ?

— Pasque pour une vieille femme comme Évangéline, savoir que sa petite-fille va vivre dans le péché, comme a' va sûrement nous le souligner, c'est petête encore pire que de la voir marier un Gariépy. C'est ça que je veux dire quand je parle de douche froide. Même pour moé, tu sauras, c'est pas facile à prendre… C'est sûr que je vas m'y faire, mais sur le coup, comme ça… Je… C'est un peu comme si j'avais raté mon coup. Quand je t'ai vue, t'à l'heure, j'ai ben vite compris que tu revenais pas de ta job. Faut pas me prendre pour une imbécile. Pis en plusse, ça s'est passé devant ton oncle Adrien qui lui non plus a pas les yeux dans le fond de sa poche. Tu peux pas savoir à quel point j'étais humiliée… C'est comme si j'avais pas su t'élever dans le sens du monde. Pour une mère, c'est dur à prendre en verrat, des affaires de même. Ça m'a faite de la peine, tu sauras. Ben gros de la peine…

Maintenant que les vannes étaient ouvertes et que les mots se faisaient plus précis, les émotions de Bernadette se déversaient un peu n'importe comment.

De la tristesse à voir partir sa fille à sa déception de ne pas avoir à préparer une belle noce comme elle en rêvait, elle aussi, du reniement de ses valeurs les plus tenaces à l'acceptation de voir sa fille devenue une femme, Bernadette avait de la difficulté à s'y retrouver et à exprimer ses états d'âme.

— Chus contente pour toé, faudrait pas que tu penses autrement, mais en même temps, j'ai ben de la…

— Chut !

Laura s'était précipitée vers Bernadette. Accroupie devant elle, du bout de l'index, la jeune femme tenta d'effacer les larmes qui s'étaient mises à couler sans retenue sur les joues de sa mère.

— Faut pas parler comme ça, moman. S'il y a quelqu'un qui a été une merveilleuse mère, c'est bien toi. T'as toujours été là pour moi. Même dans le temps où popa pis grand-moman étaient plus difficiles à vivre.

— C'est vraiment ce que tu penses ?

— Ben voyons donc ! C'est sûr, ça. Rappelle-toi quand je jouais avec Francine pis que tu me défendais devant grand-moman. Pis plus tard, pour mes études, quand tu m'as soutenue devant popa !

Laura poussa un soupir rempli de nostalgie.

— Je n'oublierai jamais le matin où tu es venue à l'université avec moi pour m'obliger à rencontrer le recteur, à cause de ce cours de philosophie qui me manquait. Sans toi, je n'aurais jamais eu le courage d'aller jusqu'au bout, tu sais. Jamais.

— C'est vrai, ça ?

— Et comment !

Laura fixa sa mère avec beaucoup de tendresse dans le regard.

— C'est évident que tu as toujours été un peu inquiète de tout, pis que ça peut être agaçant par bouts, ajouta-t-elle avec un brin de taquinerie dans la voix, mais une chose est certaine: c'est parce que tu nous aimes que tu es comme ça… J'espère juste que le jour où je vais avoir des enfants à mon tour, ben, j'espère que je vais être à la hauteur. Si je suis une mère comme toi, je pourrai me dire « mission accomplie ».

Bernadette renifla bruyamment.

— C'est gentil de dire ça…

Tout en parlant, Bernadette essuya ses dernières larmes au revers de son tablier que, dans le bouleversement du moment, elle avait oublié de retirer en quittant la cuisine. Maintenant que les choses avaient été dites, même à demi-mot, Bernadette se sentait mieux, malgré qu'elle soit toujours aussi mal à l'aise quand elle se répétait qu'hier, sa fille avait dormi chez Bébert…

Puis, elle revint à la chambre, au lit encombré de vêtements. Du bout des doigts, Bernadette souleva le coin d'un chandail qu'elle avait dû laver des centaines de fois!

— Alors c'est vrai, je me suis pas trompée, hein? T'es ben décidée à partir de la maison?

Comme si Bernadette avait besoin d'une seconde confirmation!

Ce fut au tour de Laura de regarder autour d'elle. Cette chambre avait été celle de son enfance, de son adolescence. Elle y avait été heureuse, elle y avait pleuré. C'est ici qu'elle avait espéré devant la vie, qu'elle en avait accepté certains revers. Elle y avait étudié avec acharnement avant d'y rêver des heures durant.

Mais surtout, elle s'y était sentie en sécurité.

— Non, moman, j'ai pas décidé de partir, avoua Laura d'une voix rauque en nichant sa tête sur les genoux de sa mère. J'ai juste choisi de continuer ma vie. C'est pas pantoute pareil…

# CHAPITRE 2

*1, 2, 3, 4, 5, 6, 7, Québec*
*Si j'avais les ailes d'un ange*
*Je partirais pour Québec*
*Si j'avais des lumières sur mon bike*
*Je partirais pour Québec.*

*Les ailes d'un ange*
ROBERT CHARLEBOIS

**Montréal, lundi 20 juillet 1970**

L'arrivée de l'oncle Adrien avait compliqué les choses, à commencer par le fait qu'Antoine n'avait plus le petit logement à sa disposition. Difficile de peindre à n'importe quelle heure comme il se plaisait à le faire habituellement. Difficile surtout, dans de telles conditions, d'oser prétendre avoir dormi en bas !

— Comprends-moi bien, Anne ! C'est pas que je veux pas rester avec toi, c'est que je peux pas ! Depuis que mononcle Adrien est en ville, j'ai pus la liberté que j'avais ! Pis en plusse, y' fait chaud comme c'est pas possible. C'est comme rien que toute la famille va passer la veillée sur la galerie. Si ma mère ou ben ma grand-mère me voit pas revenir à la maison, à une heure raisonnable en plusse, ça va devenir un vrai cauchemar. Là c'est vrai qu'on va devoir se surveiller ! Encore plusse qu'astheure.

Cette brève conversation avait eu lieu hier soir alors qu'Anne tentait de retenir Antoine pour qu'il dorme chez elle.

Mais Antoine avait tenu bon, malgré la grande envie qu'il avait de rester, et ce matin, les yeux fixant le plafond de la chambre, il cherchait une échappatoire qui lui permettrait de mettre un terme à cette vie ridicule, coincée entre deux maisons de la même rue alors qu'il passait son temps à vagabonder de l'une à l'autre, le plus souvent en catimini.

Malheureusement, lui qui était passé maître dans l'art de la dérobade, il ne trouvait rien, absolument rien qui aurait pu justifier ses nombreuses présences chez Anne. Le regard de sa grand-mère qui l'avait surpris en pleine nuit alors qu'il revenait justement de chez elle chatouillait sans cesse sa mémoire et cela suffisait amplement à lui couper toute forme d'inspiration. Pourtant, Évangéline n'avait jamais reparlé de leur altercation au pied de l'escalier. Pas un mot, pas la moindre allusion. Il faut dire, cependant, que l'arrivée imprévue de l'oncle Adrien cette même nuit et le départ inopiné de Laura, dès le lendemain, avaient eu la propriété de varier les centres d'intérêt de tout le monde dans la famille, à commencer par sa grand-mère qui avait toujours eu bien de la difficulté à se faire aux changements brusques.

Et le départ de Laura avait été tout un changement !

Durant un moment, Antoine envia farouchement

sa sœur qui, elle, au moins, avait eu le courage d'aller au bout de ses envies.

On avait décidé de lui mettre des bâtons dans les roues, lui refusant un mariage qui l'aurait rendue heureuse ? Qu'à cela ne tienne, elle serait heureuse quand même ! En moins de deux jours, aidée en ce sens par leur mère et leur père, Laura avait déménagé l'ensemble de ses effets chez Bébert. Depuis, elle y vivait, de toute évidence heureuse de son sort. Mais ce jour-là, alors que la famille effectuait un va-et-vient soutenu entre la chambre de Laura, la cuisine et les deux autos familiales garées devant la maison, heureusement que l'oncle Adrien avait été présent. C'est lui qui avait réussi à soutenir Évangéline, sinon celle-ci se serait probablement effondrée.

— Voir que ça a de l'allure !

La vieille dame se promenait de la fenêtre du salon, où elle voyait sa petite-fille empiler ses biens dans l'auto de son père, au fauteuil où était assis son fils Adrien qui avait promis de s'occuper de sa mère durant ce déménagement improvisé.

— Vivre avec quèqu'un sans être marié !

La voix d'Évangéline était étranglée, tant elle était outragée, mortifiée par les agissements de sa famille.

— Viarge, Adrien, tu peux toujours ben pas approuver ça, toé avec !

— Les temps changent, avait-il déclaré un brin sentencieux.

— Les temps changent, les temps changent, avait maugréé la vieille femme… La morale, elle, a' reste toujours la même, tu sauras, mon garçon. Même si le monde change, c'est pas une raison pour oublier les principes qu'on a appris dans le p'tit catéchisme !

— Alors, laissez-la se marier si c'est tellement important pour vous ! avait alors flegmatiquement rétorqué son fils. Dans le fond, c'est tout ce que Laura espère, vous savez !

— Pas question !

Évangéline avait le regard mauvais, un œil sur la rue et un autre sur son fils Adrien.

— Y a pas un damné de Gariépy qui va mettre les pieds icitte tant qu'Arthémise se sera pas excusée ! Me semble que c'est clair, ça ? Je me demande dans quelle langue faudrait que je le dise pour que le monde comprenne ! Si le mariage est si important que ça pour Laura, a' l'a juste à se marier sans moé.

— Elle ne le fera pas et vous le savez !

— Ben tant pis pour elle.

— Justement... C'est exactement ce qu'elle dit de vous, elle aussi : tant pis pour grand-maman, j'ai assez attendu.

— Ouais...

Depuis le jour du déménagement, Antoine avait entendu cette brève conversation à quelques reprises et à peu de différences près. N'empêche que Laura, malgré le désaveu de leur grand-mère, semblait heureuse depuis qu'elle vivait à trois pâtés de maisons d'ici. Antoine était à même de le constater, les mardis et les jeudis matin, quand il la croisait à l'épicerie, car, en plus d'avoir déménagé ses pénates, il fallait ajouter que Laura travaillait désormais deux jours par semaine à l'épicerie familiale, au grand désespoir d'Évangéline qui voyait dans ce geste un reniement de la part de son fils Marcel. Ou un affront, selon l'humeur de la journée !

— Ben c'est ça ! avait-elle fulminé quand elle avait appris que Laura donnait quelques heures de son temps libre à l'épicerie familiale. À te voir aller, mon gars, on dirait ben que tu prends pour ta fille au détriment de ta propre mère. Dans d'autres circonstances, j'aurais petête pu comprendre un agissement comme le tien, mais là… Accepter que Laura travaille avec vous autres, c'est comme si tu donnais ta bénédiction au fait qu'a' vit dans le péché même si tu sais que j'en pense rien de bon ! Face à moé, t'es aussi pire qu'un Judas Iscariote, Marcel Lacaille.

— Ça a rien à voir, la mère. Rien à voir pantoute. Si vous voulez venir travailler, vous aussi, vous avez ben beau. Astheure que ça roule un peu mieux, on pourrait sûrement s'arranger.

— C'est toé qui comprends rien à rien dans toute cette histoire-là, avait tranché Évangéline sans donner suite aux propos de son fils, elle qui rêvait pourtant de travailler à l'épicerie. Essaye pas de m'acheter, tu gagneras pas ! Pis tu viendras pas changer mon idée icitte !

— J'ai pas envie de m'ostiner avec vous, non plus. Ça fait longtemps que j'ai compris que ça donne rien. J'espère juste que vous allez finir par admettre, la mère, que c'est exagéré, votre affaire. Voir que Laura doit payer pour une vieille histoire de même ! Une chicane qui date de quarante ans passés !

— Une vieille histoire petête, mais c'est pas toé qui

en as souffert durant toute ta vie. Viarge, Marcel ! On dirait que t'as pas de cœur… Pis… Pis je veux pus en entendre parler !

Antoine avait été le témoin de cette conversation-là hier au souper. Tout comme avant-hier et la veille encore…

— Pis pour une fois, j'ai envie de donner raison à popa, murmura le jeune homme en s'étirant dans l'ancien lit de Laura que sa mère lui avait gentiment octroyé au départ de sa fille, pour le temps où Adrien et Michelle occuperaient le petit logement du bas. Grand-moman a beau avoir une opinion éclairée dans ben des situations, cette fois-ci, est aveuglée par son ressentiment envers les Gariépy. C'est pas juste pour Bébert, pis c'est pas juste pour Laura non plus. Pis à cause de ça, à cause de l'humeur de chien de grand-moman, c'est pus ben ben vivable dans la maison. S'y' fallait qu'en plusse, a' l'apprenne que moi pis Anne…

Sur ces quelques mots chuchotés à son oreiller, Antoine poussa un profond soupir, entrevoyant les réactions possibles dans sa famille si jamais on venait à apprendre ce qui se tissait lentement mais sûrement dans la petite maison à lucarnes à l'autre bout de la rue.

— Pis dans mon cas, pas sûr, moi, que je pourrais compter sur les parents comme Laura… Une chance que mononcle Adrien pis Michelle sont là. Avec eux autres, au moins, grand-moman est de bonne humeur. Mais le fait que mononcle soye là, installé dans le petit logement, ça me complique la vie… Mautadine !

Depuis un boutte, j'ai vraiment l'impression de tourner en rond. Autant dans ma vie que dans mes pensées !

De la cuisine lui parvenait le bruit étouffé de quelques voix. Ses parents devaient se préparer à partir pour l'épicerie. Dès que la porte claquerait, Évangéline se lèverait à son tour puis, une demi-heure plus tard, elle viendrait frapper à la porte de la chambre d'à côté pour obliger son jeune frère Charles à se lever.

— Envoye, le jeune, t'as assez lambiné pour à matin. Deboutte !

Sur quoi, elle énumérerait la liste des corvées que leur mère Bernadette n'oubliait jamais de laisser à son intention, soigneusement inscrite sur un bout de papier. Puis Évangéline répéterait :

— Envoye, Charles, grouille-toé un peu ! Deboutte ! T'as une tonne de choses à faire avant que tes parents reviennent à soir. Oblige-moé pas à téléphôner à ton père pour qu'y' vienne te sonner les cloches. Je te donne deux menutes, pas une de plusse ! Je t'attends dans la cuisine avec ton déjeuner.

Habituellement, c'était la voix autoritaire d'Évangéline qui réveillait Antoine en même temps que son frère avec qui il partageait ce premier repas de la journée. Mais pas aujourd'hui.

Son ennui d'Anne et l'espoir d'une vie calme et normale avaient suffi à le tirer du sommeil dès l'aube et il n'était pas du tout certain d'avoir envie de croiser qui que ce soit.

Se tournant sur le côté, Antoine ferma les yeux et il

laissa remonter tous les beaux souvenirs qu'il emmagasinait depuis un mois.

Anne...

La femme de sa vie, il en était convaincu. Celle qui partageait ses espoirs et son amour parce qu'elle avait su être patiente avec lui.

Un grand soupir de bonheur gonfla la poitrine d'Antoine. Enfin ! Enfin il pouvait dire qu'il était heureux. Grâce à une femme, une seule, Anne...

Elle était celle avec qui il aimerait passer le reste de ses jours. Elle était sa sécurité et son abandon, sa muse et sa compagne.

En revanche...

Antoine poussa un second soupir.

Anne était toujours une femme mariée. Une femme mariée qui n'abandonnerait jamais son mari, alité depuis des années, emmuré dans son silence. Elle le lui avait clairement dit même si Antoine n'avait rien demandé.

Néanmoins, il comprenait.

Entre Anne et lui, il y aurait toujours Robert Canuel.

Alors, entre Anne et lui, il y aurait aussi ce sentiment de culpabilité qui l'accompagnait impitoyablement depuis les tout premiers frémissements de plaisir en lui. Faire l'amour à Anne, c'était se sentir un homme à part entière avant que la douleur de la culpabilité ne l'envahisse.

Il n'avait pas le droit d'être dans le lit d'Anne Deblois. Il le savait et se le répétait tous les jours. Il s'y retrouvait quand même de plus en plus souvent sans éprouver le moindre remords. Ce n'était qu'après le plaisir que la culpabilité l'envahissait.

Tout comme lorsqu'enfant, il persistait à se rendre chaque samedi chez monsieur Romain, son professeur de dessin. Ce qui s'y passait était interdit. Antoine le savait. Il détestait son professeur à cause de cela, mais il aimait le plaisir ressenti. D'un samedi à l'autre, il l'espérait tout en le honnissant parce que d'un samedi à l'autre, le plaisir se faisait plus grand et la culpabilité aussi.

Aujourd'hui, il détestait la tricherie face à Robert Canuel, mais il aimait Anne de tout son cœur. Il n'en pouvait plus de cette vie de dérobade et de mensonge, mais il ne saurait s'en passer.

Voilà où en était Antoine en ce matin de juillet, pétillant de soleil et rempli du piaillement des moineaux. Il était heureux, certes, heureux comme il n'avait jamais espéré l'être, mais en filigrane de son propre bonheur, il y aurait toujours la vie perdue d'un homme malade.

Le bien-être qu'Antoine avait ressenti à son réveil était en train de s'effriter. Si ça n'avait été de la présence d'Évangéline, de son sens aigu de l'observation et de son écoute attentive de tous les bruits de sa maison, il se serait levé le plus silencieusement possible et il aurait rejoint Anne avant qu'elle parte pour la procure. Même si le commerce était en vente depuis plus d'un mois, il n'y avait eu aucune offre, aucune visite, au grand désespoir de la jeune femme qui en avait assez de tenir à bout de bras l'avenir de ce magasin. Antoine avait beau l'encourager et la soutenir du mieux qu'il le pouvait, le genre de vie qu'ils menaient, l'un comme l'autre, essayant de se faire le plus discrets possible, l'empêchait d'en faire plus.

Mais un café, pris ensemble, le matin, était-ce aussi compromettant qu'il pouvait le sembler à première vue ?

Antoine esquissa une moue.

Pas vraiment… Au fond, même Évangéline ne pourrait y redire.

Le temps qu'Antoine arrive à se décider et le téléphone sonnait à la cuisine, apportant une heureuse diversion.

Le jeune homme fronça les sourcils. Qui donc pouvait appeler aussi tôt le matin ? Il n'était pas encore huit heures. Quand il entendit sa grand-mère s'exclamer d'une voix stridente, tout énervée, Antoine sauta en bas de son lit, inquiet. Ça ne pouvait être qu'une mauvaise nouvelle. Mais il n'avait pas eu le temps de finir d'enfiler son pantalon qu'une main impatiente frappait à la porte.

— Antoine ? T'es-tu réveillé, toé là ? C'est… C'est en anglais dans le téléphône. Un monsieur qui a l'air ben gentil même si j'ai pas compris un mot de toute ce qu'y' a dit, à part ton nom en anglais, je pense ben. Anthony… C'est comme rien que ça doit être pour toé, hein ? J'ai dit *one menute*… Comme quand j'étais au Texas pis que je comprenais pas pis que ça me prenait Adrien pour répondre à ma place… *One menute*…

Antoine ouvrait déjà la porte, torse nu et finissant de remonter sa braguette.

— C'est parfait grand-moman… J'vas aller voir qui c'est. Probablement monsieur Clark à propos des peintures que j'ai envoyées. Pourvu qu'y' soye rien arrivé dans le transport !

Dans un geste si peu habituel de sa part, Antoine bouscula Évangéline et se précipita vers la cuisine.

Ses toiles ! Elles étaient tout pour lui, un peu comme l'auraient été des enfants. Et il y avait tellement travaillé.

Il arriva dans la cuisine en même temps qu'Adrien qui entrait justement avec deux cafés fumants portés devant lui.

À peine un petit signe de tête de la part d'Antoine pour saluer son oncle et un certain soulagement en se disant que s'il ne saisissait pas la teneur de l'appel, il pourrait toujours faire appel à Adrien, et Antoine prit l'appareil, déposé en équilibre sur le côté du téléphone mural.

C'était bien monsieur Clark et effectivement, il y avait un problème. Un problème de taille ! Avec trois jours de retard, les toiles étaient arrivées la veille en fin de soirée. Le camion de livraison avait eu un accident. Heureusement, le conducteur était à peine blessé mais les toiles, elles…

Peter Clark y avait passé la nuit. Sur la quinzaine de tableaux envoyés, il n'y en avait que trois qui étaient intacts. Les autres étaient plus ou moins abîmés. Le cadre cassé, une toile déchirée, une égratignure dans la couleur… Par contre, selon monsieur Clark, la plupart d'entre eux seraient facilement retouchables.

Antoine pourrait-il venir voir par lui-même le plus rapidement possible ?

Le jeune homme n'avait pas desserré les lèvres, écoutant attentivement pour être certain de ne rien manquer. À la fin du court monologue, incapable de formuler ce qu'il voulait dire exactement, les mots anglais lui faisant cruellement défaut en ce moment de grande inquiétude, Antoine reprit la formule d'Évangéline et murmura, la gorge serrée :

— *One menute, please...*

Puis il tendit l'appareil à Adrien en expliquant :

— Si j'ai bien compris, il y a eu un accident et certaines toiles sont abîmées. Peux-tu vérifier, s'il vous plaît ? Pis je pense, avec, que monsieur Clark voudrait que j'aille là-bas. Pour ça par exemple, chus pas sûr d'avoir bien compris tout ce qu'il m'a dit.

Sans hésiter, Adrien déposa les deux cafés et tendit la main.

C'est ainsi que l'appel se fit, par personne interposée, sous le regard inquiet d'Antoine qui donnait certaines directives à son oncle, au besoin. Restée dans l'embrasure de la porte, les deux mains pressées sur sa poitrine, Évangéline écoutait tout ce qui se disait, promenant rapidement son regard de son fils à son petit-fils, essayant de comprendre, elle aussi. Quand Adrien raccrocha enfin, le jeune homme avait accepté, sans la moindre hésitation, l'invitation du propriétaire de la galerie à se rendre à Los Angeles. Il pourrait loger chez monsieur Clark et même s'y installer pour travailler les toiles qui pouvaient l'être.

— Je pense ben que c'est la seule chose intelligente à faire.

L'affirmation d'Antoine était lourde d'interrogations. Du moins est-ce ainsi qu'Évangéline le perçut. Faisant un pas en avant, elle se dépêcha de le rassurer. Antoine était blême comme un drap.

— T'as ben raison, mon homme ! Ben raison ! On est jamais si ben servi que par soi-même. Si y a quèqu'un capable d'estimer pis de réparer les dégâts faites sur tes peintures, c'est ben toé !

— C'est ce que je pense.

Il y avait un peu plus d'assurance dans la voix d'Antoine.

— Ça me tente pas d'attendre que monsieur Clark fasse venir les toiles jusqu'ici. Je pense que je tiendrais pas en place tant qu'elles seraient pas arrivées. J'ai hâte de voir l'étendue des dégâts par moi-même.

Tandis qu'Antoine parlait, Adrien avait donné un café à sa mère et sans hésitation, il tendit le second à son neveu qui en avait sûrement plus besoin que lui.

— Il ne te reste donc qu'une seule chose à faire, déclara-t-il en même temps qu'Antoine prenait la tasse.

— Quoi donc ?

— Ta valise ! Moi, je vais m'occuper de dénicher un billet d'avion. Et le plus tôt sera le mieux, d'après ce que j'ai compris !

— Tu ferais ça pour moi ?

— Avec plaisir.

— Ben merci, mononcle. Merci ben gros ! J'haïs ça faire des démarches par téléphone… Pis lésine pas sur le prix, hein ! J'ai mis pas mal d'argent de côté ces dernières années, faut que ça serve.

Antoine n'avait pas à préciser que cet argent était destiné à se trouver un logement bien à lui, à une distance lui permettant enfin de vivre sans surveillance. Il se doutait bien qu'Anne n'abandonnerait jamais sa petite maison pour le suivre, mais quand même… Évangéline n'avait surtout pas besoin de savoir cela, et pour l'instant, même aux yeux d'Antoine, ce projet de déménagement n'avait plus la même importance.

Maintenant que les décisions étaient prises, il tardait à Antoine de partir. Il but le café d'une traite, esquissa une grimace en s'essuyant la bouche et sur un dernier regard à sa grand-mère, il quitta la cuisine.

— Je sais ben que t'aimes ça faire trempette dans le bain le matin de bonne heure, mais si ça te dérange pas, grand-moman, je prendrais la chambre de bain pour une couple de minutes. Je pense que ça va me prendre une douche pour me raplomber les idées, lança-t-il par-dessus son épaule.

— Pas de trouble, Antoine. Fais à ta guise.

— Merci ! Après, j'vas préparer ma valise pis mon matériel de peinture. Ça serait-tu le fun, rien qu'un peu, qu'on trouve un billet pour aujourd'hui ! Me semble que je me sentirais mieux… Bon ben… Je fais ça vite !

Quand Antoine entra dans la salle de bain, il avait oublié qu'à peine trente minutes plus tôt, il se languissait de sa jolie musicienne et tentait de trouver une solution à leur problème, celui de devoir vivre leur amour clandestinement. Non, il ne pensait plus du tout à Anne. Il avait tellement d'autres choses en tête !

Le temps de se laver, le jeune homme avait déjà fait mentalement la liste des pinceaux qu'il comptait emporter avec lui. Pour le reste, il achèterait ce dont il avait besoin sur place.

Une heure plus tard, sa valise était prête et Adrien avait finalement trouvé un billet pour lui.

— Voilà ! C'est fait, lança-t-il en raccrochant. Départ cet après-midi à deux heures… Ce qui veut dire qu'on n'a pas une minute à perdre, ajouta-t-il en jetant un coup d'œil à l'horloge pendue au mur devant lui.

Au même moment, Évangéline leva elle aussi la tête vers l'horloge.

— Viarge, s'exclama-t-elle en repoussant sa chaise pour se lever de table, neuf heures passées ! Avec tout ça, j'ai oublié de réveiller Charles ! Pis Bernadette qui avait laissé pour lui, sur la table, une liste de corvées longue comme le bras…

— Je m'en occupe !

Adrien se dirigeait déjà vers la porte. D'un petit geste sec de la main, Évangéline le retint.

— Veux-tu ben me dire pourquoi c'est faire que ça serait toi qui irais réveiller Charles ? T'as jamais faite ça avant !

Adrien haussa les épaules.

— Comme ça ! Tout le monde est passablement énervé ce matin, non ? Je n'ai pas envie de vous voir vous frotter à l'humeur matinale de mon cher neveu ! J'aime mieux m'en occuper. Peut-être bien qu'avec moi, il n'osera pas rouspéter…

À ces mots, Évangéline se sentit rougir. Elle se laissa retomber sur sa chaise et détourna rapidement la tête pour camoufler son embarras. Peut-être bien, oui, que Charles allait sentir une certaine autorité dans la voix d'Adrien. Une autorité toute paternelle à laquelle il pourrait être sensible.

À cette pensée, Évangéline ferma les yeux durant une fraction de seconde. S'il fallait qu'en plus de tout ce qui allait mal sous son toit, Adrien apprenne qu'il était le père naturel de Charles... Non, vraiment, personne n'avait besoin de cela pour l'instant!

— Ben fais comme tu l'entends, mon gars, fit-elle enfin d'une voix conciliante qu'elle n'employait pas souvent.

À des lieues de toutes ces considérations, Adrien était déjà dans le corridor.

— J'y vais tout de suite, lança-t-il derrière lui. Après, je vais aller prévenir Michelle de se préparer et on va aller reconduire Antoine à Dorval. Est-ce que ça vous tente de venir?

— Moé? Voir des avions? Pas sûre que ça me tente, pas sûre pantoute! Ça fait du bruit sans bon sens, ces machines-là... C'est pas des farces, y' passent ben haut dans le ciel pis on les entend jusque dans la maison.

Adrien était revenu sur ses pas et fixait sa mère avec une lueur amusée dans le regard.

— C'est bruyant, d'accord, mais c'est bien pratique! Antoine va partir d'ici à deux heures, et six heures plus tard, il va arriver à l'autre bout de l'Amérique. Avec le décalage horaire, l'après-midi ne sera même pas fini là-bas!

— Ah ouais ? Hé ben... Mais ça change rien à mon idée. Pratique tant que tu voudras, Adrien, moé, ça me fait peur. C'est pas normal pour un être humain de voler dans le ciel ! Si le Bon Dieu avait voulu qu'on vole, y' nous aurait faite des ailes comme aux oiseaux. Mais en même temps, c'est pas moé qui vas embarquer dedans...

Sourcils en broussaille, Évangéline semblait en intense réflexion. Quelques mimiques, un long soupir, un regard autour d'elle... Quand elle releva la tête, elle était finalement toute souriante.

— Ben pourquoi pas ? À mon tour d'aller faire un brin de toilette pis m'en vas y aller, voir tes avions, mon Adrien. Ouais... Finalement, je pense que ça me tente ! Pis toé Antoine, ajouta-t-elle en se retournant, faudrait que tu penses à appeler ton monsieur Clark pour qu'y' sache que tu t'en viens !

— Ouais, j'y avais pensé.

Curieusement, l'excitation d'Antoine semblait complètement disparue.

— Mais toi, grand-moman, peux-tu prévenir moman de mon départ ?

Évangéline, qui s'apprêtait à quitter la cuisine, se retourna vivement.

— Pourquoi tu t'en occupes pas toi-même, mon garçon ? Me semble que ça serait plusse poli.

— Justement, en parlant de politesse... J'veux pas faire ça au téléphone. Pis avec le peu de temps qui me reste, faut que je passe à la banque... Je... J'aurai pas le temps de faire un détour par l'épicerie. Pis tu connais moman, non ? Tu sais comment a' va réagir.

— Ouais, pour ça, t'as pas tort. Avec ta mère, les adieux risquent d'être un peu longs…

La réflexion d'Évangéline fut de courte durée.

— OK, Antoine, m'en vas y parler à soir, à Bernadette. Tu me laisseras à portée de main le numéro de téléphône de ton monsieur à Los Angeles. Comme ça, si jamais ta mère se mourait d'inquiétude, a' va pouvoir te parler. Ça devrait suffire à la calmer.

— Merci, grand-moman. T'es pas mal fine.

— Je le sais que chus fine. Mais on dirait ben, par les temps qui courent, qu'y a un paquet de monde qui l'a oublié. Pis en parlant d'oublier… M'en vas m'occuper de prévenir madame Anne que t'es parti.

Ce fut plus fort que lui, Antoine se sentit rougir jusqu'à la racine des cheveux. Confus, il détourna les yeux.

— Anne ? Pourquoi tu…

— Juste pour y dire que tu pourras pas passer pour faire son gazon comme d'habitude, samedi matin.

Le gazon ? Ce n'était que cela ?

Soulagé, Antoine osa relever la tête et jeta un coup d'œil à sa grand-mère.

La détente fut brève, très brève.

Sous la forêt de ses sourcils froncés, le regard acéré d'Évangéline était éloquent : elle n'avait rien oublié de leur rencontre de l'autre nuit, au pied de l'escalier, et son opinion était faite.

— Ah oui, le gazon de madame Anne…

Antoine bafouillait.

— Je… Merci pour ça, aussi. Je l'avais complètement oubliée, elle là. C'est vrai que le samedi, j'ai l'habitude de faire son gazon.

Et sans plus, le jeune homme se précipita hors de la cuisine et une main cramponnée à la rampe, il dévala bruyamment les marches de l'escalier donnant sur la cour. Il venait de le dire: il devait se rendre à la banque et le temps se faisait rare.

— Finalement, murmura Évangéline en quittant la cuisine à son tour, c'est petête juste une bonne affaire, c'te voyage-là... Ouais, une saprée bonne affaire... La distance, des fois, ça fait des miracles.

Puis traînant ses chaussons sur le plancher du corridor, elle éleva la voix et ajouta:

— T'es-tu levé, Charles? C'est pourtant ça que ton oncle Adrien t'a demandé de faire t'à l'heure, mon garçon. Pis faudrait que tu soyes en forme pasque y a pas mal de job sur la liste que ta mère a laissée, à commencer par le sarclage du jardin... Ah oui... Va falloir, avec, que tu t'organises tuseul pour ton déjeuner pis ton dîner, pasque moé, je m'en vas voir les avions!

* * *

— Que c'est vous êtes en train de me dire là, vous?

Visiblement, Bernadette avait souffert de la chaleur. Une longue journée enfermée dans son petit bureau avait eu raison de son habituelle patience. Cheveux hirsutes et visage rougeaud, elle avait détaché quelques boutons de son chemiser et en avait roulé les manches. Elle accrocha son sac à main au clou derrière la porte, puis elle tourna un regard fatigué vers Évangéline.

— Chus pas sûre d'avoir ben compris, moé là.

— Juste à te voir la face, ma pauvre enfant, rétorqua Évangéline du tac au tac, je pense, au contraire, que t'as ben compris... Pis en plusse, je pourrais même dire que ça te fait pas plaisir. Mais faut que tu saches que chus pour rien là-dedans, moé ! J'ai juste faite le message comme j'avais promis à Antoine de le faire ! C'est toute. Mais au cas ousque t'aurais vraiment pas compris, je te répète que ton gars est parti à matin pour l'aéroport, avec Adrien, Michelle pis moé, pis que vers deux heures, y' a pris un avion pour s'en aller à Los Angeles.

Bernadette leva les yeux au ciel en soupirant.

— Juste ça ! C'est donc que j'avais ben compris. Mon gars est parti à Los Angeles pis je le savais pas ! Bâtard, la belle-mère, me semble qu'y' aurait pu me le dire lui-même en personne. Vous trouvez pas, vous ?

— Y' avait pas le temps !

— Ben non ! C'est sûr, ça, y' avait pas le temps ! Ça y a pris de même, à matin ! Comme une démangeaison. Y' s'est levé pis y' s'est dit : que c'est j'vas faire de ma journée ? Me semble que ça serait une bonne idée d'aller se promener du bord de Los Angeles !

Évangéline sembla soupeser les paroles de Bernadette tout en hochant la tête puis elle les souligna d'une petite grimace.

— C'est pas exactement ça, remarqua-t-elle, sourcils froncés, mais ça y ressemble un brin.

— Ben oui !

Du plat de la main, Bernadette asséna une tape sur le comptoir, ce qui fit sursauter Évangéline. De toute évidence, Bernadette était hors d'elle, ce qui ne lui arrivait pas souvent.

— Je commence à être tannée qu'on me prenne pour une cruche, ici dedans ! Voir que ça se peut que mon gars décide de même de s'en aller au bout du monde... Je pense que j'en ai assez entendu pour astheure. Vous allez m'excuser, mais je m'en vas prendre une douche.

— Une douche ? Avant le souper ?

Bernadette se retourna vivement, le regard mauvais.

— Ouais, une douche avant le souper ! Y a-tu une heure pour faire ça, prendre une douche ? C'est pas pire que vous qui prenez un bain le matin, juste après le déjeuner ! Bâtard ! Faut-tu que je demande la permission pour me rafraîchir, astheure ? Pasque vous saurez que si l'épicerie a été améliorée dans les grandes lignes, mon coqueron à moé, là ousque je travaille à journée longue ou presque, ben y' a pas changé ! C'est toujours aussi p'tit pis aussi chaud !

Sur cette précision qui sonna aux oreilles d'Évangéline comme remplie d'amertume, Bernadette quitta la cuisine, le talon agressif et bruyant. Quelques instants plus tard, la vieille dame entendit l'eau qui coulait dans la baignoire.

— Finalement, murmura Évangéline en traînant ses savates jusqu'au garde-manger pour y prendre le bol contenant les pommes de terre, on dirait ben qu'a' va prendre un bain, la Bernadette. Ça va y faire du bien. C'est vrai qu'y' fait chaud sans bon sens. Après, je pourrai petête y expliquer ce qui s'est passé à matin.

Comme je la connais, a' va ben finir par comprendre la situation pis accepter le fait que son gars soye parti en coup de vent. Viarge ! On rit pus, ses peintures sont maganées… Ouais, ça, c'est de quoi que Bernadette va comprendre.

Effectivement, une demi-heure plus tard, rafraîchie et détendue, Bernadette se donna la peine d'écouter attentivement les explications d'Évangéline et elle accepta la réaction de son fils sans la moindre hésitation.

— Brisées, vous dites ?

— On dirait ben ! C'est sûr que j'ai rien vu de mes propres yeux, mais selon le monsieur Clark de Los Angeles, y aurait juste trois des quinze peintures qui auraient rien pantoute. Ça se peut-tu ? Rien que trois… Les autres, ça a l'air que ça dépend. Antoine m'a promis, avant d'embarquer dans son avion, qu'y' nous appellerait pour nous dire exactement comment ça se passe là-bas. Mais laisse-moé te dire, ma pauvre Bernadette, qu'y' en menait pas large, notre Antoine. Je pense que je l'ai jamais vu aussi inquiet pour quèque chose. Jamais.

— Y a de quoi, non ? Toutes ces mois-là d'ouvrage, de jour comme de nuit, qui sont petête gâchés…

— Sans compter toute c'te bel argent-là dépensé pour aller réparer de quoi qui aurait jamais dû être brisé. Pis ça, c'est si y' est capable de les réparer, ses peintures. Pas sûr, moé, que ça se reprise comme une chemise ou ben une paire de bas.

— M'as dire comme vous, la belle-mère. Si la toile de ses peintures est déchirée, j'vois pas trop comment y' va pouvoir s'arranger pour réparer ça... Mon pauvre Antoine...

Bernadette resta silencieuse un moment, une main sur le manche du poêlon où grésillait une platée de saucisses et le regard perdu au-delà du toit voisin, en direction du sud, là où elle s'imaginait, cordées les unes contre les autres, la filée des grandes villes le long du Pacifique. Elle dodelina de la tête, soupira bruyamment puis ramena les yeux sur le poêlon qu'elle secoua adroitement pour retourner les saucisses.

— Bon, ça y est ! Me v'là inquiète à mon tour, fit-elle remarquer. Verrat d'affaire... Les enfants, plus ça vieillit, pire c'est, je crée ben. Pourtant quand sont p'tits, on espère juste le jour ousqu'y' vont être capables de se débrouiller tuseuls pasqu'on se dit que c'te jour-là, on va enfin pouvoir se reposer. Ben non ! C'est pas ça pantoute qui se passe.

— Non, c'est pas ça qui se passe, approuva Évangéline de la voix et de la tête qu'elle secoua vigoureusement. Pas pour une mère qui a du cœur, entécas. Pis attends de voir, Bernadette ! Le jour ousque tu vas être grand-mère, je pense que c'est encore pire.

— Faites-moé pas peur, vous là ! Si faut que ça soye pire qu'astheure, j'vas ben en mourir !

— On en meurt pas, rassura Évangéline sur un ton sentencieux, l'économe dans une main, la patate dans l'autre, les deux pointés vers le plafond. On dort juste moins bien...

— Bâtard !

— Comme tu dis... Pour astheure, y' nous reste juste à prier saint Jude pour que les toiles d'Antoine soyent pas trop dures à réparer... Mais en attendant d'avoir de ses nouvelles, moé, je voulais te dire qu'y' faudrait petête parler à Charles. Y' est de plus en plus dur à lever le matin, lui là ! Même qu'aujourd'hui, c'est Adrien qui s'en est occupé.

— Adrien ?

Bernadette retint à grand-peine les quelques mots de contrariété qui lui montèrent aux lèvres. Malgré un effort sincère, son désarroi ne passa pas inaperçu aux yeux de la vieille dame. De toute évidence, Bernadette était troublée d'apprendre que son beau-frère avait vu à son plus jeune fils. Évangéline en avala de travers, toussota et reporta les yeux sur ses pommes de terre qu'elle se mit à trancher méticuleusement. En ce moment, Bernadette ressemblait à ce à quoi elle avait dû ressembler elle-même un peu plus tôt ce matin.

— Ben voyons don, vous, arriva enfin à articuler Bernadette. C'est pas à Adrien de faire ça !

Heureuse de constater que sa belle-fille pensait exactement comme elle, Évangéline se fit un plaisir de poursuivre, sans lever les yeux de son travail :

— C'est ben ce que j'ai pensé, moé avec. Mais y' voulait rien entendre rapport qu'y' a été témoin à quèques reprises de la mauvaise humeur chronique de ton gars le matin quand c'est que vient l'heure d'aller le réveiller. À croire, viarge, que Charles a pas dormi de la nuitte ! C'est pareil à tous les matins, tu sauras : Charles a tout le temps une humeur de chien !

— À c'te point-là ?

— Même pire, des fois. Quand Antoine dormait dans même chambre que lui, y' se gênait pas pour parler à son frère. Mais depuis qu'y' s'est installé dans l'ancienne chambre de Laura, j'ai pas mal de misère à me faire écouter par ton plus jeune, tu sauras... Toute ça pour te dire qu'à matin, c'est Adrien qui s'en est chargé. Pis veux-tu savoir ? Ben je pense qu'Adrien a le tour avec lui. Ouais... On dirait ben que c'est ça. Quand chus repassée par là, quèques menutes plus tard, Charles était levé pis y' avait même faite son litte, toé ! Ça, ma fille, c'était du jamais vu ! J'étais en train d'y faire le programme de sa journée, comme je fais d'habitude en travers de la porte, quand Charles m'a ouvert le battant direct en pleine face pour me dire qu'y' savait lire pis qu'y' allait regarder ta liste en même temps qu'y' allait déjeuner. Mais pour une fois, y' m'a parlé sur un ton poli... Ouais, y' était ben poli, notre Charles... Ça se peut-tu ?

L'incrédulité de Bernadette était visible.

— Charles, mon garçon Charles, était poli ? Ça fait des mois pis des mois que j'essaye d'y faire comprendre que la politesse ouvre ben des portes dans la vie. Même Marcel arrive pas à y faire entendre raison sur c'te point-là. Faut dire, par exemple, que Marcel a toujours eu certaines faiblesses pour notre plus jeune... Pis vous, là, vous seriez en train de me dire qu'Adrien, lui, y' aurait réussi là ousque toutes nous autres, on a raté notre coup ?

— Ça m'en a tout l'air.

— Eh ben...

Certains souvenirs s'imposèrent dans l'esprit de Bernadette et en un éclair, elle revit une longue partie de sa vie, la période bien précise où les relations avec

Marcel n'étaient pas à leur meilleur et où elle avait trouvé une oreille attentive à ses malheurs en la personne d'Adrien.

L'attirance l'un envers l'autre avait été immédiate.

Et c'est ainsi que son fils Charles avait été conçu.

Heureusement, à l'exception d'Évangéline qui avait tout deviné, personne, pas même Adrien, n'était au courant de la chose.

Et Bernadette avait toujours jugé qu'il en était mieux ainsi. C'était là un secret qu'elle avait décidé d'emporter avec elle dans la tombe. Apprendre qu'Adrien avait peut-être certaines affinités avec Charles ne changeait rien à l'opinion qu'elle s'était faite de la situation.

Et sa décision restait irrévocable.

Redressant la tête, Bernadette évacua ses derniers souvenirs dans un profond soupir, puis elle dévisagea sa belle-mère durant un long moment silencieux avant de conclure en revenant face à la cuisinière où les saucisses grésillaient de plus belle :

— Ben coudon ! On dirait que le beau-frère a été d'un bon secours aujourd'hui, hein, la belle-mère ? Le billet d'avion pour Antoine, les bonnes manières avec Charles. Ça compense pour toutes les mois ousqu'y' vit loin de ses neveux… Bon, astheure, m'en vas mettre la table. Le temps de faire cuire les tranches de patates dans le gras des saucisses pis on va manger. À l'heure qu'y' est rendu, c'est comme rien que Marcel devrait être à veille d'arriver.

# CHAPITRE 3

*American woman stay away from me*
*American woman mama let me be*
*Don't come hanging around my door*
*I don't want to see your face no more.*

*American woman*
LENNY KRAVITZ (THE GUESS WHO)

**Montréal, jeudi 13 août 1970**

Charles en avait assez du rituel des corvées que Bernadette avait instauré en début d'été et qui était devenu chronique depuis le lendemain de la Saint-Jean-Baptiste. À croire que sa mère savait tout de ses occupations habituelles avec ses amis et voulait l'empêcher de quitter la maison à tout prix.

— Ça se peut pas, sacrament. La mère peut pas savoir. Personne peut savoir ce que je fais. De toute façon, chus pas pire que les autres pis on fait rien de mal.

À genoux dans le sillon entre un rang de tomates et un autre de haricots verts, Charles marmonnait à voix basse tout en binant la terre. Plus vite il en aurait fini avec le jardin et plus vite il pourrait rejoindre ses amis qui, eux, n'étaient pas accablés par toutes sortes de besognes journalières. Il avait promis de les retrouver au parc avant l'heure du dîner. Il s'occuperait donc de la pelouse plus tard en après-midi, tel qu'exigé par sa mère.

— C'est pas à ton père de faire ça, mon gars ! avait-elle fulminé hier en fin de journée au moment où elle lui avait remis la liste des travaux du lendemain alors qu'il rechignait devant l'ampleur des demandes. Le pauvre homme en fait ben assez du matin au soir pour toutes vous autres. Quand y' rentre ici, après sa journée d'ouvrage à l'épicerie, je veux qu'y' puisse se reposer. C'est-tu assez clair, ça ? De toute façon, tu viendras pas me faire accroire que tu l'entends pas tousser comme un damné, hein ? C'te vilaine toux-là, mon p'tit gars, ça veut dire que ton père est fatigué. Ben fatigué.

À ce, Charles avait répondu en premier lieu par un haussement d'épaules exagéré avant de répliquer sur un ton blasé :

— Ça fait pas tousser, être fatigué. Tu viendras jamais me faire accroire ça. T'as toujours la manie de toute exagérer, pauvre moman. Moé, je dirais plutôt que popa est malade. Une sorte de grippe qui veut pas finir. Mais ça doit pas être si pire que ça pasque sinon, y' ferait comme tout le monde pis y' irait voir le docteur au lieu de passer ses nuits à tousser comme un défoncé pis à nous empêcher de dormir nous autres avec. C'est à cause de lui, tu sauras, si j'arrive pas à me lever le matin !

À ces mots, Bernadette avait menacé son fils avec la cuillère de bois qui brassait la soupe.

— Ben voyez-vous ça ! Malpoli en plusse d'être

paresseux ! Ça se peut-tu dire des âneries de même ! Comme si tu y connaissais quèque chose... Bâtard, Charles ! T'as pus cinq ans ! Quand c'est que tu vas te décider à te mettre un peu de plomb dans la cervelle ?

— Le jour ousque vous allez enfin comprendre que chus pus un enfant, justement, pis que j'en ai assez d'aller à l'école, avait rétorqué Charles sur un ton de défi.

C'était là l'ultime raison servie à toutes les sauces pour justifier une humeur capricieuse.

— Tu le sais que j'haïs ça, l'école, avait-il poursuivi, toujours sur le même ton. Popa, lui, y' a pas niaisé ben ben longtemps sur les bancs d'école pis...

— Laisse ton père en dehors de ça. Dans son temps, tu sauras, c'était ben différent d'astheure.

— Ah ouais ? Était où, la différence ?

— Dans les cégeps, mon p'tit garçon ! Aujourd'hui, la différence est dans les cégeps.

Bernadette avait redressé les épaules en prononçant ce dernier mot.

— Astheure, tout le monde peut aller à l'école longtemps pis même à l'université si ça y chante. Un peu comme ta sœur Laura, tiens ! Mais pour elle, ça a été pas mal plus difficile rapport que dans son temps, y avait pas grand monde qui faisait des grandes études. Mais maintenant...

Tout en parlant, Bernadette regardait fixement devant elle comme si le destin du Québec était en train de s'inscrire sur le mur blanc de sa cuisine.

— À voir tout le monde qui rentre au cégep, avait-elle finalement analysé, tant pour elle que pour

Charles, d'icitte à pas longtemps, des jeunes sans diplôme, y en aura pus tellement.

— Ben m'en vas être l'exception, sacrament !

La réplique de Charles avait ramené brusquement Bernadette à sa cuisine et à des préoccupations nettement plus terre-à-terre que l'avenir de la province. La cuillère en bois en extension au bout de son bras, elle en avait menacé son fils une seconde fois.

— Arrête de sacrer, bâtard ! C'est pas la première fois que je te le dis.

— Chus pas pire que popa, avait alors argumenté Charles. Pis même que grand-moman, tant qu'à y être ! Personne y dit, à elle, d'arrêter de sacrer.

— Charles ! Veux-tu ben me dire à quoi tu penses quand tu parles de même ? Icitte, tu sauras, c'est sa maison. Ta grand-mère peut ben faire un peu ce qu'a' veut dans sa propre maison, non ? De toute façon, ça te regarde pas.

— Ben c'est ça ! Comme d'habitude ! Quand tu sais pus quoi répondre pasque j'ai raison, tu dis toujours que ça me regarde pas. Ça fait qu'on a pus rien à se dire pour astheure... Laisse ton papier de corvées sur la table. J'vas m'en occuper plus tard.

Avant même que Charles n'ait eu terminé sa phrase, la porte avait claqué. Il n'avait eu aucune difficulté à imaginer sa mère lever les yeux au ciel tandis qu'il dévalait l'escalier. Cette image de Bernadette les yeux révulsés et les poings sur ses hanches était coutumière pour lui et elle avait amplement suffi à attiser son ressentiment envers sa famille. L'instant d'après, il enfourchait sa bicyclette et filait rejoindre ses amis au parc.

S'il avait pu s'installer à demeure au parc, il l'aurait fait !

Cette altercation ressemblait à toutes celles qui avaient ponctué son été. Elle datait de la veille et Charles n'avait pas décoléré depuis.

Il planta son sarcloir dans une motte de terre et d'un geste brusque il l'émietta. Il en avait assez du ménage, du jardinage, de la pelouse, des commissions, des autos à laver, de la peinture à faire.

— J'ai quinze ans, sacrament ! marmonna-t-il encore tout en tirant sur une liane qui s'enroulait autour d'une tige de haricots. Je peux-tu profiter de mon été comme tout le monde ? Petête ben, aussi, que j'aimerais plusse l'école si je pouvais me reposer un peu. Ben non ! Si chus pas ici à travailler, chus en arrière de la caisse de l'épicerie à faire des risettes aux clientes. J'haïs ça, l'épicerie. Mais comment c'est que tu veux que je le dise sans risquer une mornifle ou ben un sermon de première ? Dans la famille, tout le monde aime l'épicerie ! Tout le monde a pas le choix d'aimer l'épicerie ! C'est niaiseux ! Pis je comprends pas mon père d'être fier de lui à cause d'une damnée boucherie. Ça se peut-tu ? Être fier de faire du steak haché… Ça y prend pas grand-chose pour se péter les bretelles, au vieux ! Pis la mère est pas le diable mieux avec ses rouges à lèvres pis son parfum.

De son frère et Laura, Charles ne parlait presque jamais. Il n'y pensait presque jamais. La différence d'âge entre eux avait fait en sorte qu'il les avait toujours considérés au même titre que les adultes de la maison et non comme d'éventuels copains. D'éventuels complices.

Pas même Antoine...

Charles n'avait jamais compris que son frère puisse détester le sport. Lui, quand il était tout petit, il aurait dormi avec ses ballons et ses patins s'il avait eu la permission de le faire.

Le sport ! Ça c'était la vie, la vraie vie ! Son père, Marcel, le lui avait tellement répété que l'enfant qu'il avait été et l'adolescent qu'il était devenu en avaient fait le but de leur existence. Être en action, bouger tout le temps !

Durant un court moment, assis sur ses talons, Charles s'imagina filant à toute allure sur une patinoire. La foule criait autour de lui, l'encourageant. Il allait défier le gardien adverse, il allait compter !

Comme chaque fois que Charles se laissait aller à ses rêves les plus chers, le cri de la sirène soulignant le but qu'il venait de marquer le ramena au temps présent et à ce qu'il considérait comme étant une vie médiocre.

Charles regarda autour de lui en soupirant.

La cour avait beau être la mieux entretenue de la rue, il n'en restait pas moins qu'elle se limitait à un simple carré de pelouse rachitique avec un potager assez luxuriant grâce à lui et un cabanon grand comme un hangar longeant la ruelle tout contre un rectangle que son père avait fait asphalter pour y stationner son auto.

Charles poussa un long soupir en contemplant le domaine de ses parents. Fallait-il se contenter de peu pour être heureux ici !

Pas la moindre table à pique-nique, le moindre

parasol, la moindre chaise longue. Ah oui ! Il y avait quand même un barbecue, accoté contre le hangar. Mais aujourd'hui, c'était normal d'avoir un barbecue, tout le monde en avait un.

Charles pencha la tête, tournant et retournant le sarcloir entre ses mains. Il était assis entre deux rangs de légumes, dans la cour de sa grand-mère, à sarcler et à biner un carré de terre sèche qu'il n'aurait pas le choix d'arroser quand il aurait fini.

Voilà le décor de son été !

Un potager qu'il n'aurait pas fini de retourner avant que vienne l'automne, un carré de pelouse qu'il faudrait tondre encore une bonne dizaine de fois avant le retour du gel parce que sa mère exigeait qu'il soit coupé ras, et un bout d'asphalte qu'il faudrait balayer avant l'arrivée de son père, en fin d'après-midi, comme il le faisait presque tous les jours.

Charles se sentit déprimer. Il détestait ce quartier étriqué où les sous-vêtements de sa famille s'offraient candidement au regard des voisins lundi après lundi. Ça le gênait horriblement de voir ses caleçons se balancer au vent chaud de l'été. Mais quand il avait osé en parler, Bernadette lui avait ri au nez.

À ce souvenir, Charles serra les poings.

Un jour, il quitterait ce quartier misérable pour habiter un grand domaine. Un peu comme celui que son oncle Adrien lui avait déjà montré en photos. Cependant, pour y parvenir, il faudrait que ses parents comprennent que ce n'était pas sur les bancs d'une école qu'il avait en horreur qu'il apprendrait à devenir un grand joueur de hockey. Marcel lui avait tellement mis dans la tête qu'il serait le futur Maurice Richard que Charles avait fini par le croire. Mais curieusement, malgré l'intérêt dévorant que son père manifestait pour le sport, chaque fois que Charles lui avait demandé de l'inscrire dans une équipe du quartier ou de la ville, Marcel avait répondu qu'un talent naturel comme le sien n'avait pas besoin de cours.

— Calvaire, Charles, essaye de comprendre le bon sens ! Tu me prends-tu pour un premier ministre ? Ça coûte la peau des fesses, les clubs réguliers. Non, non, t'as pas besoin de ça. Continue comme t'es parti, pis je finirai ben par trouver quèqu'un qui va donner ton nom à Toe Blake.

— Pasque tu connais Toe Blake ? avait rétorqué le jeune Charles de l'époque sur un ton interrogateur, les yeux écarquillés de surprise et de fierté. Tu connais l'entraîneur des Canadiens ?

— Je connais ben du monde, tu sauras ! Je travaille dans le public, moé ! Pis, de toute façon, je t'ai-tu déjà laissé tomber ?

— Non, c'est vrai.

— Bon, tu vois ! Ça fait que écoute ce que je te dis, pis tu vas voir qu'un jour, ça va être à ton tour de jouer dans la Ligue nationale, en autant que t'ayes le talent qu'y' faut, comme de raison. C'est pas tout le monde qui s'appelle Jean Béliveau ou ben Maurice Richard. En attendant, tu vas continuer d'aller à l'école comme toutes les ti-culs de ton âge pour être capable de parler dans le sens du monde quand c'est que les journalistes vont t'interviewer dans la tivi, tu joues au hockey le plusse souvent possible, justement pour développer ton talent, pis tu te fies sur moé pour le reste.

À cette époque, Charles devait avoir six ou sept ans et la parole de son père était sacrée pour lui. Si Marcel Lacaille lui avait promis qu'il jouerait dans la Ligue nationale, c'est qu'il jouerait dans la Ligue nationale. Point final, comme l'aurait déclaré Évangéline. De toute façon, personne ne connaissait le hockey comme son père, n'est-ce pas ? Il devait donc savoir de quoi il parlait !

Ce ne fut que quelques années plus tard, alors qu'un copain d'école avait bien ri de lui quand Charles avait étalé avec fierté tous ses projets d'avenir, que le jeune garçon avait compris que son père n'était peut-être pas le géant qu'il imaginait.

Le semblant d'entrain que Charles mettait à se lever tous les matins pour se rendre à l'école avait alors vite disparu et seule l'envie d'être un sportif professionnel était demeurée bien vivante en lui.

Les années avaient passé, les entraîneurs s'étaient succédé à la barre du Canadien de Montréal et Charles, dans le silence de son cœur, continuait d'espérer malgré tout. Sait-on jamais !

— Mais faudrait quand même que quèqu'un me voye jouer, sacrament ! Comment tu veux que Claude Ruel, l'entraîneur du Canadien, sache que j'existe si je joue juste pour le fun sur la patinoire du parc durant les fins de semaine ! Pis encore ! Ça, c'est quand y a assez de monde pour faire deux équipes ! Ça marche pas, ça. Pas pantoute. Pis c'est pus comme dans le temps ! Y' suffit pas d'avoir du talent pour être repêché par la Ligue nationale. Ça se passe pus comme dans le temps de Maurice Richard, sacramant! Astheure, faut jouer dans les équipes midget pis junior si on veut avoir une chance de jouer au hockey avec les pros. Mais ça, popa veut pas le comprendre.

La mauvaise humeur de Charles était en train de se transformer en déception, comme chaque fois qu'il pensait au sport en relation avec son avenir. Pourquoi lui avoir fait miroiter toutes sortes de belles choses si c'était pour lui fermer les portes au nez par la suite? Son père n'avait-il pas les moyens de lui payer une saison de hockey dans une équipe de calibre provincial? Rien qu'une saison pour qu'un entraîneur le voie évoluer sur la glace et puisse le recommander à Claude Ruel. Charles était même prêt à se contenter d'une équipe municipale.

D'une équipe paroissiale, s'il le fallait!

Pourvu que quelqu'un de compétent puisse le remarquer, il serait pleinement heureux.

C'était un peu pour cette raison qu'il se tapait toutes ces corvées, un jour après l'autre. Si son père était satisfait de lui, la permission tant espérée serait peut-être plus facile à arracher. Marcel ne cessait pas de dire que la nouvelle épicerie était un don du ciel. Ça devait bien vouloir dire que l'argument financier n'aurait plus sa raison d'être, n'est-ce pas?

Et si sa mère était contente, elle aussi, il serait peut-être en mesure de compter sur son soutien. Quand venait le temps de négocier quelque chose dans la famille, le support de Bernadette Lacaille n'était pas à négliger et celui de sa grand-mère non plus.

— Ça, ça veut dire que je finis le jardin au plus

sacrant. Pis j'ai intérêt à pas laisser la moindre garnotte ni la plus petite mauvaise herbe, murmura le grand jeune homme en tirant sur un pied de pissenlit.

Charles termina le sarclage du potager avec une énergie renouvelée, le cœur rempli d'espoir. Cette année serait la bonne et il serait repêché par une équipe reconnue, à défaut de l'être par une équipe professionnelle.

Et dans un an au plus tard, il pourrait enfin quitter l'école. Parce que pour lui, ça ne faisait aucun doute : le jour où quelqu'un le verrait évoluer sur une glace, son avenir serait tout tracé.

Peu avant les cloches de midi, Charles quitta enfin la maison pour rejoindre ses amis. Pour une fois, il n'avait pas à s'inventer d'excuses puisqu'il n'y avait personne à la maison. Très tôt ce matin, Évangéline, Estelle, Adrien et Michelle étaient partis en pique-nique dans les Cantons de l'Est.

Avant de s'en aller, Charles poussa la gentillesse jusqu'à cueillir un plein panier de fèves vertes et de tomates qu'il laissa en évidence au beau milieu de la table de la cuisine. Ça devrait plaire aux femmes de la maison ! Encore une petite heure de travail en fin d'après-midi, et tout serait propre dans la cour des Lacaille, tel que demandé par sa mère. Alors, au souper, si son père semblait de bonne humeur et pas trop fatigué, il parlerait de cette équipe de Verdun qui, année après année, donnait un camp de formation au milieu du mois d'août. Tous les jeunes qui aimaient le hockey étaient les bienvenus.

Charles avait entendu l'annonce en début de

semaine à la radio et les inscriptions se terminaient demain soir, le camp devant commencer lundi prochain.

Oui, vraiment, avec un peu de chance, cette année serait la bonne !

Il fit la route entre le potager et le parc en entretenant sa bonne étoile. Depuis le temps qu'il attendait, ça ne pouvait faire autrement que de déboucher sur quelque chose de positif.

Le joyeux groupe de ses amis flânait au parc, à sa place habituelle, sous les branches d'un grand chêne touffu dont les feuilles se balançaient mollement dans l'air chaud de cette belle journée d'été. Garçons et filles, allongés ou assis dans l'herbe sèche, semblaient discuter vivement. Curieux, Charles s'approcha d'eux à grands pas. Même à une certaine distance d'eux, il percevait de la fébrilité dans les timbres de voix. Marc-André fut le premier à l'apercevoir.

— Charles ! Enfin, te v'là !

— Salut !

De ce groupe de jeunes, Charles était le plus grand et le plus vieux puisqu'il avait repris la deuxième année du secondaire. Mais habitué depuis sa tendre enfance à toujours être le plus grand, il ne s'en formalisait pas. Comme le disait si bien sa grand-mère : « Ça prend d'un peu de toute pour faire un monde, mon Charles. Pis les Lacaille sont toutes grands. Regarde ton père pis ton oncle Adrien pis tu vas comprendre. Antoine non plus, y' laisse pas sa place. Pis t'as pas vu ton grand-père, toé ! Mon Alphonse, y' était encore plusse grand que toutes les autres, je crois ben. À moins que ma mémoire fasse défaut. Mais ça me surprendrait ! »

Charles se laissa tomber dans l'herbe aux côtés d'une petite brunette qui le couvait des yeux.

— Pis, quoi de neuf ?

C'était là sa question journalière, celle qu'il posait machinalement chaque fois qu'il retrouvait ses amis. Pour une fois, la réponse fut autre chose que l'habituel : « Bof ! »

— Ben des choses, mon Charles. Ben des choses.

Son ami Marc-André avait les yeux brillants de plaisir anticipé.

— Ça commence par le fait que les parents de Martin partent demain matin pour trois jours. Y' s'en vont à Old Orchard.

— Pis Martin, lui ? demanda Charles en regardant autour de lui, surpris de constater que ce même Martin brillait par son absence.

— Martin, y' est en train de négocier avec son paternel pour rester icitte, avec nous autres. Un voyage en famille, ça y tente pas ben ben.

— Je peux comprendre ça... Mais une fois qu'on a dit ça, que c'est ça change pour nous autres ?

— Ça change toute, Charles. Si Martin réussit à convaincre son père pis qu'y' reste icitte à Montréal, ça veut dire qu'on va avoir la maison à nous autres pour trois jours !

— Wow ! M'as dire comme toé, Marc-André, ça brasse pas mal à midi. Une maison pour trois jours, ça serait ben la première fois.

— Pis j'espère que ça sera pas la dernière... C'est

pour ça qu'on est contents que tu soyes là. Si jamais Martin réussit son coup, va falloir que tu t'occupes d'acheter la bière.

Tandis que Marc-André parlait, Charles approuva de la tête. Avec sa carrure et son visage anguleux, Charles s'occupait toujours d'acheter la bière pour tout le monde. Il était rare qu'on lui demande une preuve d'identité. Pourtant, lui-même n'en buvait presque pas. Il préférait fumer un joint dont les effets étaient plus agréables et passaient inaperçus aux yeux de ses parents. Bernadette et Marcel ne connaissaient sûrement pas le cannabis. Charles se demandait même s'ils en avaient déjà entendu parler. Avec une mère comme Bernadette, il n'y avait pas de chance à prendre: si Charles voulait profiter du peu de liberté qu'il avait, il lui fallait toujours se montrer prudent. Avec un joint, il n'y avait ni odeur ni démarche chancelante, ce qui ne l'empêchait pas de profiter d'une bière de temps en temps.

— Pas de trouble pour la bière, acquiesça-t-il. Pis même si Martin réussit pas, m'en vas en acheter pareil. C'est l'été, y' fait beau pis j'ai envie d'en profiter un peu, sacrament. J'ai ben assez de mes maudites corvées pour me gâcher mon fun. Le soir, c'est à moé pis y a personne qui va se mettre en travers de mon chemin. À défaut d'autre chose, une p'tite bière ben frette, ça passe ben !

— Ben parlé, Charles !

— Pis moi, j'ai acheté un peu de pot à mon frère.

Claire, la jeune fille assise aux côtés de Charles, venait de prendre la parole.

— J'en ai pas des tonnes, mais on devrait en avoir assez pour deux joints. On fera nos comptes plus tard.

Tout heureux, Charles s'était redressé. Finalement, cette petite Claire était bien gentille.

— Ça sera pareil pour la bière, on fera nos comptes après. Pis toé, Yves, faudrait pas oublier que tu me dois encore deux piasses.

— Pas de trouble ! J'ai fait le gazon chez nous pis chez ma grand-mère hier. Inquiète-toi pas, j'ai toute ce qu'y' faut pour payer mes dettes.

— Ben si c'est comme ça, y' nous reste pus juste à attendre Martin. Ça serait-tu le fun, un peu, si on pouvait avoir la maison !

— Ouais... Ça serait ben le fun.

* * *

Désœuvrée, Anne contempla la rue à travers la fenêtre poussiéreuse de la procure. Un vilain crachin obscurcissait le ciel au point où elle avait dû allumer les fluorescents à son arrivée ce matin. Une heure plus tard, le commerce était toujours désert et s'il ne s'en était tenu qu'à elle, Anne l'aurait fermé pour la journée. Par une matinée aussi morose, personne ne se déplacerait pour venir acheter de la musique. Surtout pas un lundi !

Anne soupira.

Elle en avait assez de cette vie de vendeuse. Elle détestait ce rôle qu'elle était obligée de jouer pour pouvoir continuer à vivre décemment. C'est pourquoi, malgré l'envie qu'elle en avait, Anne ne fermerait pas la procure aujourd'hui. Avec la pancarte « À VENDRE » accrochée dans la vitrine, elle n'avait pas le choix de garder le commerce ouvert six jours par semaine, semaine après semaine.

Anne soupira bruyamment une seconde fois.

Depuis le départ d'Antoine, plus grand-chose n'avait de sens dans sa vie. Robert était toujours aussi silencieux, aussi indifférent, et à cause de cela, elle n'allait plus le visiter que par devoir, le dimanche en fin d'après-midi. Jamais elle ne pourrait renier tout ce qu'ils avaient vécu ensemble. Malgré les apparences, elle n'était pas ingrate. Alors, elle se faisait une obligation de toujours garder à la mémoire qu'il y eut un jour où elle avait été profondément amoureuse de cet homme-là. Se redire cette vérité lui donnait le courage de se déplacer dimanche après dimanche pour rendre visite à celui qui était encore et toujours son mari.

Mais depuis longtemps, maintenant, Anne ne ressentait plus pour lui qu'une tendresse nostalgique. Une émotion difficilement qualifiable, sise entre deux battements de cœur, à la fois tristesse et ennui, teintée d'un certain regret. Chose certaine, le nom de Robert Canuel ne provoquait plus aucun écho en elle. Ce nom appartenait beaucoup plus à son passé qu'à son présent, et malgré la meilleure volonté du monde, Anne n'arrivait plus à l'associer à son avenir.

L'avenir, c'était aux côtés d'Antoine qu'elle le voyait, qu'elle le souhaitait ardemment.

Pourtant…

Pourtant, Antoine avait quitté la ville sans même la prévenir. Quand Évangéline l'avait appelée pour lui annoncer le départ du jeune homme, Anne n'avait pas compris qu'Antoine ait pu partir ainsi, comme un voleur.

Alors, elle s'était mise à surveiller le courrier. Il devait y avoir une explication autre que celle donnée par Évangéline. Et si malgré tout c'était là la stricte vérité, si l'inquiétude à propos de ses toiles avait été à ce point dévorante qu'il avait choisi de partir sans tarder, il devait s'ennuyer, non ?

Mais le temps passait et Antoine n'avait toujours pas écrit. Trois semaines sans un seul mot de sa part. Pas même une carte postale. Trois longues semaines d'absence et de silence. Anne ne comprenait pas et ce mutisme lui faisait mal. Depuis le départ d'Antoine, Anne avait l'impression de vivre dans une bulle de silence. Celui d'Antoine, incompréhensible, et celui de Robert qui continuait de la blesser. Après tout, Robert était son mari. Alors, pourquoi lui battre froid alors qu'elle savait pertinemment qu'il arrivait à communiquer avec le personnel infirmier ? Là non plus, Anne ne comprenait pas.

C'est pour toutes ces raisons que ce matin, alors que le crachin de l'aube se transformait peu à peu en pluie, Anne déambulait désœuvrée dans un commerce désert.

Quand il lui arrivait comme aujourd'hui de penser intensément à Antoine dans ce magasin qui appartenait toujours à son mari, même s'il lui en avait cédé une partie, Anne n'était pas à l'aise. C'était un peu comme si elle trompait Robert, exactement comme lorsqu'elle s'abandonnait, alanguie, dans les bras d'Antoine.

Malgré le fait que son mari ait choisi de lui céder la moitié du commerce lors de leur mariage, ici, c'était le domaine de Robert Canuel. C'est lui qui l'avait bâti au fil des années, en passionné de la musique qu'il était, se créant petit à petit une clientèle assidue, loyale. Alors, quand quelqu'un passait la porte, Anne lisait régulièrement la déception sur les visages lorsqu'elle répétait que Robert n'allait toujours pas mieux.

— Mais ça s'en vient ! ajoutait-elle invariablement avec vivacité, espérant que son semblant de bonne humeur sonnait franc. Il a même recommencé à parler, vous savez !

S'ensuivait une courte conversation qui conduisait habituellement vers une emplette quelconque.

Ce n'était pas mensonge, ce n'était pas non plus vérité, mais Anne estimait que d'entretenir l'espoir des clients renforçait leur fidélité. Sans leur présence assidue, elle ne pourrait survivre.

Maintenant que la procure était à vendre, il fallait, plus que jamais, que les affaires soient bonnes.

Sinon, elle n'arriverait jamais à s'en départir.

Anne marchait lentement entre les étagères de disques. Les lattes du vieux plancher de bois verni craquaient et se lamentaient à chaque pas qu'elle faisait. Depuis quelques minutes, la pluie ruisselait bruyamment contre la vitre du magasin.

La jeune femme regarda longuement et attentivement autour d'elle. Que de souvenirs étaient attachés à ce commerce ! Que de bons souvenirs !

Anne se revit à l'aube de ses quinze ou seize ans. Elle venait d'arriver à Montréal après un séjour d'un an au Connecticut où elle avait été heureuse auprès de son père, d'Antoinette et de Jason. Retrouver Blanche, sa mère, qui avait exigé par voie d'avocat le retour de sa plus jeune fille, avait été un cauchemar pour Anne. Vivre loin de ceux qu'elle aimait ressemblait à l'idée qu'elle se faisait de l'enfer. Être loin de son piano était un pensum qu'elle ne méritait surtout pas.

Et c'est ici, dans cette procure un peu poussiéreuse, qu'elle avait enfin trouvé un certain réconfort. Passant devant la vitrine, la jeune Anne avait aperçu un piano qui semblait n'attendre qu'elle. Sans pousser sa réflexion plus loin, elle était entrée dans le commerce, s'était approchée de l'instrument et du bout des doigts, elle en avait effleuré les touches.

Le reste avait coulé de source.

Laissant tomber manteau et sac à dos, Anne s'était assise devant le clavier et elle avait enfin pu rassasier son envie de jouer.

Aussitôt, les clients de la procure s'étaient attroupés autour d'elle et ceux qui passaient dans la rue étaient entrés. C'est ainsi, une heure plus tard, que Robert Canuel l'avait engagée pour venir jouer, assise dans la vitrine de son magasin, tous les samedis après-midi.

C'est ici, uniquement ici, que durant de nombreux mois, Anne avait pu être elle-même, avait pu être heureuse, aux côtés d'un homme qui prenait du temps avec elle.

Qui prenait du temps pour elle.

Un long soupir chargé de sanglots souleva les épaules d'Anne.

Avait-elle oublié toutes ces années où la vie, sa vie, filait joyeuse et insouciante, enveloppée de musique et d'amour ? Une vie heureuse qu'elle défendait bec et ongles devant tous ceux qui ne comprenaient pas qu'une si jeune femme puisse être amoureuse d'un si vieux monsieur.

Robert Canuel, le propriétaire de la procure de musique, aurait pu être son père…

Comment pouvait-elle l'aimer ?

Pourtant ce fut le cas. Anne avait été profondément amoureuse de Robert.

Robert qui était toujours l'âme d'une vieille procure qui sentait le renfermé, soit, mais qui cachait des trésors de musique à travers les instruments, les disques et les partitions.

Et c'est ce même commerce qu'elle s'apprêtait à vendre ?

Sous quel prétexte, pour quelle raison ?

L'émotion engendrée par les souvenirs, emmêlée à ce qu'elle s'apprêtait à faire, forma une boule dure et douloureuse à la hauteur du cœur.

Anne avait brusquement l'impression de ne plus se reconnaître.

Un premier coup de tonnerre fit vibrer la vitrine et sursauter Anne. Elle promena longuement les yeux autour d'elle.

Malgré le souvenir qu'elle gardait d'elle-même assise dans un rayon de soleil et jouant pour la clientèle, ce matin, l'endroit était sombre et lui paraissait lugubre. Si au moins Antoine avait été à ses côtés.

Antoine…

Son ennui du jeune homme fut si fort qu'Anne en frissonna.

Antoine qui avait la jeunesse et la fougue. Antoine

qui, un peu comme elle, avait encore toute la vie devant lui. Alors que Robert…

Deux grosses larmes montèrent aux yeux d'Anne. Elle les essuya d'un geste rageur en reniflant ses déceptions et ses regrets.

Oui, Robert était vieux et malade. Mais sans Robert, Anne n'aurait jamais connu de stabilité dans sa vie. Et Dieu sait, après une enfance vécue aux côtés d'une mère alcoolique, qu'Anne avait besoin de cette stabilité. Durant des années, elle avait été heureuse aux côtés d'un homme qui avait voué sa vie à la musique avant de la consacrer à la jeune femme qu'elle était alors. Oui, Anne avait été profondément heureuse, partageant sa passion pour la musique avec Robert, un homme qui avait la même sensibilité qu'elle. Grâce à lui, grâce à toutes ces heures où il s'échinait à la procure, Anne, de son côté, pouvait assouvir sa faim de notes et de piano. Elle avait accompagné les plus grands parmi les grands. Elle avait donné des concerts et joué à la télévision. Robert avait même accepté de donner quelques représentations avec elle, lui qui détestait la scène. Et en retour, qu'avait-elle fait ? Elle lui avait refusé l'enfant qu'il souhaitait tant, sous prétexte que son enfance malheureuse ne la prédisposait pas à être une bonne mère.

Quelle belle excuse !

Était-ce ce refus qui avait déclenché la crise de Robert ? Longtemps, Anne s'était posé la question. Aujourd'hui encore, elle n'avait pas la réponse. Mais quand elle y repensait, une onde de culpabilité venait assombrir sa vie.

Et comme si cela ne suffisait pas, Anne cherchait à vendre l'œuvre de la vie de son mari. Elle allait se débarrasser de la procure.

Et le mot n'était pas trop fort.

Un éclair lacéra la noirceur qui enveloppait la grande pièce, soulignant l'angle du piano qui était toujours dans la vitrine. Un deuxième coup de tonnerre fit trembler les murs et la lumière clignota.

Puis elle s'éteignit tout à fait.

Se dirigeant à tâtons vers le fond de la pièce que seuls les éclats de la foudre arrivaient à éclairer, Anne regagna le comptoir derrière lequel son imperméable était accroché à une patère. Si dans quinze minutes l'électricité n'était pas revenue, elle fermerait la procure.

Anne s'installa sur le banc de bois que Robert avait acheté à l'époque où elle avait commencé à venir l'aider à la procure, en plus des heures qu'elle passait à jouer dans la vitrine. Il ne voulait pas que la jeune Anne reste debout trop longtemps. En ce temps-là, elle aimait bien travailler ici en compagnie de son mari. En riant, elle disait qu'ils avaient deux enfants: la procure et la musique.

Aujourd'hui, ce bel enthousiasme était mort. Malgré tous les souvenirs qu'elle venait de ressasser, bons et mauvais, elle ne changerait pas d'avis. Vendre la procure était son plus cher désir malgré la sécurité, la stabilité financière qu'apportait l'ancien magasin de Robert.

C'est ainsi que désormais elle appellerait la procure: l'ancien magasin de Robert. Comme il ne pouvait plus s'en occuper, elle le vendrait.

Voilà tout!

Aux yeux de la jeune femme, l'avenir ne pouvait passer que par cette vente. Tant pour Robert, dont les soins et la pension dans un foyer privé coûtaient quand même assez cher, que pour elle, qui pourrait enfin retrouver son piano et les concerts.

Elle y avait longuement réfléchi. Elle avait consulté son père et sa sœur Charlotte. Tout le monde, autour d'elle, approuvait ce geste.

Quant à Robert, quand elle lui en avait parlé, il n'avait rien dit.

Comme d'habitude.

La panne de courant perdurant, Anne prépara un papier à afficher à la porte du commerce. Même si l'électricité réapparaissait en cours de journée, elle n'avait pas l'intention de revenir pour ouvrir la procure. Ça irait au lendemain.

En quittant les lieux, malgré le déluge qui lui tombait sur la tête, Anne vérifia si l'avis était bien visible, puis elle verrouilla la porte.

« Fermé pour cause d'orage. »

Le vent soufflait à tout arracher, les éclairs se succédaient sans répit et le tonnerre était un roulement continu. Pourtant, malgré le déchaînement des éléments, Anne prit brusquement conscience que c'était dans son cœur et dans sa tête que l'orage grondait le plus fort.

Puis elle prit une profonde inspiration et se mit à courir en direction du vieux camion, stationné dans la rue d'à côté.

# CHAPITRE 4

*Ce soir, j'ai l'âme à la tendresse*
*Tendre tendre, douce douce,*
*Ce soir j'ai l'âme à la tendresse,*
*Tendre tendre, douce douce.*

*L'âme à la tendresse*
(PAROLES : PAULINE JULIEN /
MUSIQUE : FRANÇOIS DOMPIERRE)

**Montréal, vendredi 14 août 1970**

L'orage d'une violence inouïe qui avait plongé Montréal dans le chaos durant quelques heures, la veille en cours de matinée, avait lavé le ciel et emporté la chaleur. Ce matin, un petit vent du nord donnait le ton à cette journée brillante de soleil.

— L'automne s'en vient, constata Bernadette en refermant frileusement les pans de sa veste de laine sur sa poitrine. C'est un peu de bonne heure, mais ça fera pas de tort. On a eu assez de canicule pour cette année.

Assise sur le perron avant de la maison, Bernadette profitait d'un des rares moments de solitude qui ponctuaient sa vie. Revenue de l'épicerie en fin d'avant-midi pour cuisiner quelques tartes et un gâteau, à la demande expresse de Marcel qui se plaignait qu'il n'y avait plus que rarement des desserts faits maison, elle avait trouvé un appartement vide. Non, ce n'était pas tout à fait exact: elle avait trouvé une maison vide! En effet, Adrien, Évangéline, Michelle, Estelle et Charles s'étaient volatilisés. Quant à Antoine, il n'était toujours pas revenu de Los Angeles.

Aux dernières nouvelles, le travail sur ses toiles avançait rondement. Les dégâts, même s'ils avaient passablement abîmé quelques tableaux, n'étaient pas irréparables, et Antoine parviendrait à retaper au moins une dizaine de tableaux. L'exposition avait donc ouvert ses portes au public avec quelques semaines de retard, et les gens de la côte Ouest, tout comme ceux de New York d'ailleurs, étaient sous le charme des œuvres d'Antoine Lacaille. Encore quelques tableaux à restaurer et le jeune peintre aurait fini le travail pour lequel il s'était déplacé. Par contre, malgré cette échéance qui approchait, il n'avait pas avancé de date pour son retour.

— Je sais pas trop, moman, avait-il déclaré lors de son dernier appel, d'une voix catégorique que Bernadette ne lui connaissait pas. Ça me fait du bien d'être ici. C'est un peu comme quand chus allé au Portugal, l'autre été. Voir de nouveaux paysages, rencontrer des gens différents, ça m'inspire. Pis mon anglais s'en vient pas pire, tu sauras. Ça avec, je pense que ça peut être important pour moi. L'anglais, c'est la langue du commerce un peu partout dans le monde, faut pas l'oublier… Non, je partirai pas d'ici tusuite. J'vas sûrement prendre le temps de faire plein de croquis avant de revenir m'installer à Montréal. Ça va me donner des idées pis des modèles pour faire mes toiles l'hiver prochain. Pis mononcle Adrien, lui ? Toujours à Montréal avec Michelle ?

Bernadette se doutait bien que la présence de son oncle, occupant le petit logement du bas, faisait une grosse différence pour Antoine.

Elle pouvait le comprendre et l'accepter. À l'âge où était rendu son fils aîné, avec la carrière qui était la sienne, ne pas pouvoir travailler à son rythme et à sa guise devait être très désagréable. « Ça me coupe l'inspiration », disait-il régulièrement quand il devait peindre dans sa chambre et qu'Évangéline se plaignait de l'odeur. Quant à son rôle second, celui de livreur pour l'épicerie, un jeune garçon du quartier, fiable et poli, avait pris la relève et s'acquittait de la tâche avec diligence.

— Un problème de moins, ronchonna Bernadette tout en donnant un coup de talon pour mettre sa chaise berçante en marche, calquant ainsi son geste sur celui qu'Évangéline faisait si souvent. Je m'en plaindrai pas, verrat d'affaire ! Je m'en plaindrai pas pantoute ! En autant qu'Antoine nous revient pour le mois de septembre, quand Gaétan va retourner à l'école, pis on aura pas de trouble avec les livraisons.

En fait, Bernadette, débordée par le travail à l'épicerie, celui de vendeuse Avon et l'entretien de l'appartement, commençait tout doucement à laisser voguer les choses sans chercher à tout contrôler. C'était nouveau pour elle, d'accepter de mettre des œillères pour ne pas tout voir, tout régenter. Certes, un vieux fond d'inquiétude tenace l'empêchait parfois de s'endormir rapidement, le soir. Mais que pouvait-elle y faire qu'elle ne faisait déjà ? Les journées n'avaient que vingt-quatre heures et malgré la meilleure volonté du monde, Bernadette n'y pourrait rien changer. Voilà ce qu'elle se disait quand un sujet de préoccupation osait se présenter à son esprit, dérangeant le travail en cours. « Pas le temps, je n'ai pas le temps d'y penser », s'obligeait-elle à répéter, de temps en temps, pour calmer son cœur facilement influençable.

Puis elle passait à autre chose.

Ou plutôt, elle essayait de passer à autre chose. Et ma foi, la plupart du temps, elle y arrivait !

Il faut cependant admettre que la présence d'Adrien devait y être pour beaucoup dans ce léger changement d'attitude. Avec lui, Bernadette avait toujours été capable d'exprimer ses émotions. Dans son cas, parler de ce qui la tracassait suffisait souvent pour relativiser les situations.

La toux de Marcel, de plus en plus fréquente, de plus en plus sèche, l'absence d'Antoine, la mauvaise humeur chronique de Charles...

Toutes conjonctures que Bernadette tentait de prendre avec un grain de sel, à plus forte raison qu'elle savait pertinemment ne pas pouvoir faire grand-chose pour modifier les attitudes.

Tant que Marcel refusera de voir le médecin, qu'Antoine décidera de rester au bout du monde, que Charles sera un adolescent...

En fait, le seul sujet d'inquiétude qui était suffisamment tenace pour que Bernadette s'y attarde, c'était Laura. Non pas Laura en tant que fille, là-dessus, Bernadette n'avait aucun problème. Laura était une jeune femme exemplaire et elle faisait la fierté de ses parents. Mais le fait qu'Évangéline continue de bouder sa petite-fille, à travers son refus de recevoir Bébert chez elle, avivait une colère que Bernadette avait de plus en plus de difficulté à contenir.

— Me semble que ça suffit, les enfantillages! Bâtard, ça fait des mois que Laura est partie, faudrait peut-être en revenir! Non seulement la belle-mère refuse de rencontrer Bébert, mais en plusse a' l'accepte pas que notre Laura vive avec lui sans être mariée. Le pire, c'est que c'est de sa faute à elle, toute ça. Pas de la nôtre ou ben de celle de Laura pis Bébert! De toute façon, on dirait ben que c'est devenu à la mode de vivre ensemble sans être marié. Ça se peut-tu? On aurait jamais vu ça dans mon temps!

Tout en monologuant à voix basse, Bernadette se berçait de plus belle.

— Ça change rien au fait, par exemple, que je vois pus ma fille ben ben souvent. Pas assez à mon goût, entécas!

En un mot, Bernadette s'ennuyait de Laura. Les deux jours par semaine à se côtoyer à l'épicerie ne suffisaient pas à combler le vide qu'elle ressentait au quotidien.

Bernadette s'ennuyait aussi d'un mariage qui n'avait pas eu lieu et de la relation normale qui aurait dû se vivre entre elles. Bien sûr, Laura les avait invités à souper, Marcel et elle, à deux reprises, et Bernadette en avait été fort aise d'autant plus que Marcel avait grandement apprécié Bébert.

— C'est un bon p'tit gars qu'a' l'a choisi, notre fille,

avait-il analysé tandis qu'ils profitaient de la douceur de l'air et revenaient chez eux à pied. Avec de la jugeote pis ben travaillant, d'après ce que j'ai pu voir. Reste juste à ce que la mère s'en aperçoive, calvaire ! Mais qu'a' change d'avis ou pas, moé, je viens de me trouver un bon mécanicien. Avec l'Oldsmobile qui vieillit, ça peut pas faire de tort. Pis en plusse, y' aime les chars autant que moé !

Alors, oui, Marcel et elle étaient les bienvenus chez Laura, mais l'inverse aurait dû être possible. Le va-et-vient entre les deux logis aurait dû être accepté, coutumier. Cependant et fort tristement, il n'en était rien.

Pourtant, malgré les éclats de voix et les menaces, au moment où Laura avait quitté le toit familial, Bernadette avait sincèrement cru que l'usure du temps aurait eu raison de l'entêtement de sa belle-mère. Même Adrien, avec qui le sujet était éculé tant ils en avaient parlé, pensait comme elle.

— Tu vas voir, Bernadette ! Ma mère va se fatiguer de faire la mine sombre. Elle va sûrement finir par comprendre que si elle s'ennuie, c'est à cause d'une situation qu'elle a elle-même provoquée. Laura va bien finir par lui manquer et elle va revenir sur ses positions.

Malheureusement, jusqu'à maintenant, il semblait bien qu'Évangéline ne l'entendait pas de la même oreille que lui, car lorsqu'elle parlait de Laura, c'était invariablement pour se plaindre de son manque de respect envers les traditions et les commandements de Dieu et de l'Église.

— Ça se fait pas, vivre avec quèqu'un sans être marié ! lançait-elle à tout propos. Jamais j'aurais pensé ça de ma p'tite Laura. Jamais. Ça doit être son Bébert de malheur qui nous l'a toute changée. Pis remarque que si a' vient pas nous voir, c'est ben de sa faute ! Moé, j'y ai jamais fermé notre porte, à Laura, jamais ! Est toujours la bienvenue dans ma maison. Mais pas avec son Bébert, par exemple ! Regarde ben si c'est pas lui qui serait en arrière de toute ça ! C'est toujours ben pas de ma faute si son bon à rien de Bébert la laisse pas venir icitte tuseule. Ça prend juste un maudit Gariépy pour penser croche de même.

Bernadette ne l'obstinait plus même si elle savait pertinemment que Bébert n'y était pour rien.

Laura était tout à fait capable de s'entêter toute seule, capable de décider, sans l'aide de qui que ce soit, de bouder la maison et sa grand-mère tant que celle-ci n'aurait pas changé d'avis.

Pourtant, Bernadette était convaincue que la vieille dame était malheureuse. Peut-être pas au point de reconnaître ses torts, pas pour l'instant, mais elle était malheureuse quand même. Laura devait probablement beaucoup lui manquer. Après tout, et surtout durant les derniers mois avant son départ, Laura et elle passaient de nombreuses heures à discuter de l'épicerie, à faire une foule de projets qu'elles analysaient à deux, soigneusement, avant de les présenter au reste de la famille. Ça devait bien lui manquer, tout ça, non ?

Mais comment amener Évangéline à revenir sur ses positions sans qu'elle perde la face ? Voilà ce qui tarabustait Bernadette depuis quelque temps.

Qui donc pourrait l'aider ?

Durant un certain temps, Bernadette avait bien cru qu'Adrien y parviendrait, ou peut-être Estelle, à la rigueur, mais de toute évidence, leurs interventions n'avaient absolument rien donné. Ils n'avaient même pas réussi à ébranler les convictions de la vieille dame entêtée.

— Faut dire que des certitudes vieilles de plus de quarante ans, ça doit avoir des racines solides, bâtard ! Que c'est que je pourrais ben faire pour changer ça ?

Autrement dit, qui pourrait avoir assez de poids, assez d'influence pour métamorphoser l'opinion bien ancrée d'Évangéline, négative et rancunière, en une ouverture d'esprit qui permettrait le dialogue ?

C'était devenu la réflexion préférée de Bernadette. Comment arriver à modifier l'humeur de sa belle-mère sans qu'elle sente qu'on l'ait poussé en ce sens ? Y arriver apporterait tout un changement dans la maison, et ce faisant, Bernadette était persuadée que l'ensemble de ses problèmes serait enfin réglé, car pour le reste, elle ne pouvait rien y faire.

N'est-ce pas qu'elle ne pouvait rien changer aux attitudes de Marcel, Antoine et Charles ?

Mais pour Laura...

Pour retrouver le droit d'appeler sa fille sans essuyer de regards désobligeants, pour avoir le plaisir de l'inviter sans risquer de refus de sa part, pour lui redonner une place quotidienne dans la vie familiale des Lacaille, Bernadette était prête à remuer ciel et terre.

Alors qui, dans leur voisinage ou leur parenté,

pourrait influencer Évangéline au point où elle accepterait enfin d'ouvrir sa porte à Bébert ?

En effet, aux yeux de Bernadette, dans un premier temps, on se contenterait de Bébert comme représentant des Gariépy.

— Faut quand même pas pousser sa *luck* trop loin !

N'empêche que Bernadette, quand elle s'amusait à envisager la situation à long terme, ne rejetait pas l'idée d'élargir le cercle des invités.

Un souper avec Bébert et ses parents, ça serait bien, non ?

La vision des deux familles réunies joyeusement autour de sa table n'était pas pour lui déplaire. Bien au contraire. Après tout, le jour où ils seraient tous ensemble les grands-parents d'un beau bébé en santé n'était peut-être pas si loin que ça !

Valait mieux faire la paix avant, Bernadette en était convaincue. Ça lui éviterait des nuits et des nuits d'insomnie !

Et ça éviterait probablement beaucoup de larmes à bien des gens !

Ce fut au moment où Bernadette allait se relever pour retourner à la cuisine, n'ayant toujours pas apporté de réponse probante à ses questionnements, qu'elle aperçut Évangéline qui revenait vers la maison. Elle avançait lentement, de son pas légèrement claudicant, héritage de cet AVC subi quelques années auparavant.

La vieille dame avait l'air fatigué.

Habituellement, Évangéline marchait toujours la tête haute, examinant d'un œil critique le paysage et les gens autour d'elle. Pas ce midi. Elle suivait le trottoir les yeux au sol et sa démarche était encore plus laborieuse qu'à l'accoutumée.

Malgré la colère qu'elle entretenait à l'égard de sa belle-mère, Bernadette ne put faire autrement que d'avoir le cœur gros. Hormis sa haine viscérale envers les Gariépy, Évangéline était une femme de bon jugement, une femme généreuse de son temps et de ses biens. Depuis de nombreuses années déjà, Évangéline était pour elle une compagne agréable, une amie sincère et une confidente par moments.

— Verrat ! murmura Bernadette ne sachant plus si elle devait rentrer tout de suite dans la maison ou attendre Évangéline sur la galerie. Faudrait ben que ça revienne comme c'était avant, entre nos deux. On peut toujours ben pas finir notre vie, elle pis moé, le nez au-dessus des mêmes chaudrons sans jamais se parler sauf pour se passer le sel !

L'image que lui renvoyait la vieille dame marchant à pas lents comme si elle n'avait pas envie de retourner chez elle, alors que Bernadette savait à quel point Évangéline aimait sa maison, lui fut brusquement insupportable.

— C'était pas de même l'an dernier quand a' faisait des recherches de produits pour nous aider à l'épicerie, nota Bernadette en se laissant finalement retomber sur sa chaise. C'était pas de même pantoute ! On aurait dit qu'a' l'avait rajeuni de vingt ans tellement a' l'était alerte pis en forme, la belle-mère. A' l'était pas marabout comme astheure… Non, non, non… C'est pas vrai que les Gariépy vont venir m'enlever la belle-mère que j'aimais, verrat ! M'en vas ben finir par trouver une solution ! M'en vas l'amener de force à l'épicerie, quin ! Comme ça, a' s'ennuiera pus. Pis si a' s'ennuie pus, a' devrait être de meilleure humeur. Pis si la belle-mère est de bonne humeur, a' va petête être parlable au sujet de Laura… Me semble que ça se tient, ça là ! À moins que…

Tandis que Bernadette réfléchissait à voix feutrée, une idée, à première vue saugrenue, s'imposa à elle.

— À moins que c'était pas vraiment l'épicerie qui rendait la belle-mère de bonne humeur…

Bernadette hocha la tête, soupesant ce qu'elle venait de dire, anticipant ce qui allait venir.

— Que c'est que j'vas penser là, moé coudon !

La voix de Bernadette avait monté d'un cran et elle était subitement toute pétillante.

— Regardez-moé don ça ! Ses recherches, c'est souvent avec son Roméo qu'a' les faisait, non ? Dans le fond, c'est petête ben lui qui l'avait faite rajeunir de vingt ans… Petête ben que c'est moé qui avais raison, l'an dernier, pis qu'a' l'était en amour par-dessus la tête, notre Évangéline !

La voix de Bernadette en était toute sémillante.

— Ça serait pas la première fois que la belle-mère aurait essayé de m'en passer une p'tite vite ! Pis si y' était capable de faire ça, le Roméo, la faire rajeunir pis la rendre tout le temps de bonne humeur, y' devrait ben être capable d'y faire changer d'avis à propos de Bébert, non ? Pour lui, c'est petête ben plus facile que pour nous autres. Va don savoir, toé ! Ouais… Mais va don savoir comment c'est que ça se fait qu'on le voit pus ben ben… Mais je pense que je devine pourquoi pis m'en vas te régler ça assez vite. Pis une fois ça faite, une fois l'opinion de la belle-mère changée de bord, j'arriverai ben à négocier pour le reste de la famille Gariépy. De toute façon, y' est ben smatte, le Bébert. La belle-mère pourra pas faire autrement que d'aimer c'te garçon-là.

Heureuse d'avoir enfin trouvé une solution, à tout le moins une piste de solution, Bernadette s'obligea à la mettre de côté. Elle y reviendrait plus tard. Elle l'analyserait sous toutes ses coutures, soupèserait le pour et le contre, et si l'idée était toujours aussi attrayante qu'à première vue, elle en définirait les modalités. Pour l'instant, elle allait mettre sa colère de côté et afficher une telle bonne humeur qu'elle allait devenir contagieuse. Évangéline ne pourra faire autrement que d'y être sensible.

Sur ce, Bernadette se releva et se dirigea vers l'escalier pour le descendre et aller au-devant de sa belle-mère. Bras dessus bras dessous, le retour devrait être moins pénible pour la vieille dame.

Dès qu'elle posa un pied sur le trottoir, Bernadette mit sa nouvelle résolution en application. Levant la main au-dessus de sa tête, elle la secoua joyeusement et lança d'une voix forte:

— Youhou, là-bas!

Évangéline leva la tête.

— Attendez-moé, la belle-mère! On va revenir ensemble.

* * *

Perplexe, Alicia reposa le combiné du téléphone et se tourna vers sa mère.

— Toujours pas là, répondit-elle à l'interrogation muette qu'elle lut dans le regard de Charlotte. Sa grand-mère vient de me répéter que Laura n'est toujours pas chez elle. Je ne comprends pas.

Arrivée à Montréal depuis quelques jours à peine, Alicia avait tenté de joindre son amie à plusieurs reprises, sans succès.

— Je ne comprends pas, répéta-t-elle. Laura ne peut toujours pas avoir disparu comme ça ! Pourtant, je te jure que c'est l'impression que j'ai quand sa grand-mère me dit qu'elle n'est plus là. C'est exactement comme ça qu'elle me répond : « Laura est pus icitte ». Puis elle raccroche avant que je puisse dire autre chose. C'est bizarre ! C'est le « plus » qui m'agace. Ça peut vouloir dire tellement de choses !

— En effet... Et si tu y allais ?

— Y aller ? Chez Laura ? Je... J'y ai pensé, mais je n'ose pas. Sa grand-mère, tu sais, n'a pas l'air très commode. Chaque fois que je me présentais chez Laura, quand nous étions plus jeunes, elle m'intimidait avec toutes ses questions, et surtout, elle me faisait vraiment peur avec ses gros sourcils froncés en permanence.

Une lueur de surprise traversa le regard de Charlotte.

— Pourtant, ce n'est pas du tout ce que ma sœur Anne en dit, tu sais !

— Ah non ?

— Non ! Pour elle, madame Lacaille, la grand-mère de Laura, est une dame bien gentille qui aime la musique et sa famille. Elle a son franc-parler, du moins c'est ce qu'Anne m'en a déjà dit, mais elle ne m'a jamais dit, par contre, qu'elle était méchante ni même malveillante.

— Ah bon… Dans ce cas, il ne me reste plus qu'à me présenter à sa porte et tenter d'en savoir un peu plus long… Et je crois que je vais en profiter pour rendre une petite visite à tante Anne.

— Ça, par exemple, c'est une bonne idée ! Ça va sûrement lui faire plaisir. Depuis l'hospitalisation de son mari, j'ai bien l'impression que sa vie n'est pas rose tous les jours.

Charlotte parlait tout en pliant la montagne de linge qu'elle avait déposée sur la table de la cuisine. Mais après avoir prononcé ces quelques mots, elle suspendit ses gestes et leva la tête. Un bas en attente dans une main, elle fixa Alicia un court moment avant de reprendre et d'ajouter :

— Non, ce n'est pas vrai, rectifia-t-elle. Ce que je viens de dire n'est pas tout à fait correct. Je n'ai pas juste l'impression que la vie d'Anne n'est pas rose, je le sais très bien !

Une lueur de tristesse traversa le regard de Charlotte.

— Ce que ma petite sœur vit en ce moment doit être très difficile, murmura-t-elle en soupirant.

— Alors marché conclu ! Demain en fin de journée, je vais voir tante Anne et je vais en profiter pour sonner à la porte des Lacaille en espérant que ça sera la mère de Laura qui va me répondre. Malgré tout ce que tu viens de me dire, j'ai encore des doutes quant à la gentillesse éventuelle de la grand-mère de Laura. Après, on verra bien ce que ça va donner !

Dès le lendemain, Alicia mit son projet en application et elle quitta le domicile familial dès que possible, alléguant que la température se prêtait à merveille à une longue promenade.

— Je m'ennuie de mes randonnées quotidiennes sur la lande !

Ces quelques mots n'étaient qu'une pâle image de ce qu'Alicia ressentait. Elle ne faisait pas juste s'ennuyer, elle se languissait de l'Angleterre !

Un peu à cause de cela, d'ailleurs, par crainte de trop se morfondre, en juin dernier, Alicia avait finalement décidé que son retour d'Angleterre se ferait par étapes.

En effet, le matin où Alicia devait prendre l'avion en direction de Montréal, un vent de panique lui avait fait annuler ce billet et elle l'avait remplacé sans hésiter par un aller simple en direction de Boston. Puis elle avait fait un appel à Montréal pour aviser sa mère de ne pas se présenter à l'aéroport pour l'attendre puisqu'elle avait changé d'itinéraire. Les explications viendraient plus tard, quand elle serait à destination. Elle avait raccroché avant que sa mère ne se mette à pleurer et elle avait quitté son village le cœur un peu plus léger.

En reconsidérant la situation de façon plus attentive, Alicia avait décidé de faire un petit détour avant le grand retour. Quittant tout juste la campagne anglaise, elle ne pouvait s'imaginer passer l'été dans l'atmosphère étouffante d'une grande métropole comme Montréal.

Même avec une piscine dans la cour !

Le merveilleux souvenir qu'elle gardait de quelques vacances passées au bord de la mer lui avait indiqué le chemin à suivre.

La jeune femme avait finalement traversé la saison chaude en compagnie de son grand-père Raymond, de sa compagne Antoinette et de son arrière-grand-mère, maintenant plus que centenaire, celle que tout le monde autour d'elle appelait affectueusement mamie.

Dans les souvenirs d'Alicia, la plage du Connecticut avait toujours été invitante et ce fait n'avait pas changé.

La foule des vacanciers, la promiscuité de tous ces étrangers et la vie au quotidien avec des gens qu'elle n'avait pas vus depuis longtemps l'avaient aidée à se faire à l'idée de revivre dans une grande ville. Les longues promenades au bord de l'eau avaient tracé dans son cœur un lien tangible qui, petit à petit, était arrivé à unir la campagne anglaise à Montréal qu'elle avait vu se dessiner lentement devant elle.

Jason, le demi-frère de sa mère, celui qu'elle avait toujours un peu considéré comme un cousin, avait réussi, quant à lui, à la faire rire.

Mais le plus important, à ses yeux, avait été sans contredit la présence de mamie, la mère de son grand-père Raymond.

Tout comme grand-ma qu'Alicia regrettait tant, mamie était une femme de douceur et d'écoute. Après qu'elles eurent passé quelques jours à s'apprivoiser l'une l'autre, l'heure des confidences s'était présentée d'elle-même, comme allant de soi. Par besoin, Alicia avait tout confié à cette vieille dame qui, les yeux mi-clos, l'avait écoutée sans l'interrompre. D'instinct, la jeune femme sentait qu'avec mamie, ses secrets ne seraient jamais dévoilés.

La vieille dame n'avait rien jugé, rien décrié. Pas plus, il y avait longtemps déjà, les choix de Charlotte à l'aube de ses dix-huit ans, fuyant Montréal pour cacher sa grossesse, que l'attitude d'Alicia devant la vérité découverte.

Puis, à son tour, elle avait parlé.

Malgré son grand âge, mamie avait une mémoire infaillible, doublée d'un jugement empreint d'une grande sensibilité. Elle avait donc raconté la vie des sœurs Deblois à l'époque où Charlotte et Émilie n'étaient encore que deux petites filles.

C'est alors qu'Alicia avait commencé à comprendre.

Mamie et elle étaient assises sur la longue galerie qui ceinturait la maison au bord de la plage. C'est ici qu'habitait Antoinette quand Raymond était venu la rejoindre, et d'un commun accord, ils avaient décidé de garder cette résidence qui avait des allures de maison secondaire.

— À vivre dans un chalet, j'ai l'impression d'être en vacances à l'année, avait alors déclaré Raymond, tout guilleret.

C'était donc dans cette maison qu'Anne avait habité durant un an avant que sa mère, l'autoritaire

Blanche, n'exige, *manu militari*, le retour de sa fille à Montréal.

Alicia connaissait peu cette grand-mère maternelle, sinon que sa mère, Charlotte, et sa tante Anne la tenaient partiellement à l'écart de leurs vies respectives. Seule sa tante Émilie semblait proche de sa mère. Enfant, Alicia s'était longuement questionnée sur le sujet sans oser, cependant, en parler ouvertement avec sa mère. Puis les années avaient passé et Alicia avait oublié ce détail relatif à son enfance.

C'est ce pan de vie que lui avait raconté mamie. L'enfance de Charlotte, l'enfance de sa mère... Cette période de sa vie n'avait pas été rose, loin de là. Souvent responsable de ses deux jeunes sœurs à un âge où elle aurait dû surtout penser à jouer et s'amuser, Charlotte n'avait pas vraiment eu droit à l'affection de Blanche qui ne se gênait pas pour dire que si Raymond avait une fille à son image, la bonne grosse Charlotte, elle, c'était la douce et fragile Émilie qui lui ressemblait.

Déjà à cet âge tendre, la différence entre les deux sœurs était marquée et régulièrement soulignée par Blanche.

Le regard porté sur l'horizon d'un océan sans fin, mamie avait raconté une enfance qui n'en avait pas été une.

Puis elle avait parlé de Marc, cet ami d'enfance retrouvé à l'âge où toutes les femmes rêvent d'être en amour.

Cet âge où la trop sage Charlotte confiait déjà ses espoirs et ses tristesses au papier qui, des années plus tard, allait devenir son premier roman.

Au fond, Alicia n'était qu'un bébé de l'amour.

— Amoureuse d'un homme ou amoureuse de l'amour, à vingt ans, c'est parfois la même chose, tu sais ! Mais à cette époque-là…

C'est par amour pour ce bébé à naître que Charlotte s'était enfuie en Angleterre. Pour lui donner une vie normale, saine et heureuse. En même temps qu'elle cherchait à préserver la sienne.

— Et elle a réussi. Tu n'as jamais manqué de rien et en aucun cas on ne t'a pointée du doigt ! Quant à Charlotte, elle a fini par se bâtir une vie à la hauteur de ses aspirations.

— Tu crois ? Et l'écriture, elle ? Durant de nombreuses années, quand j'étais toute petite, j'ai bien cru que ma mère deviendrait un grand écrivain. Je pensais très sincèrement qu'elle avait besoin d'écrire pour être heureuse. C'est l'image qu'elle me donnait. Puis tout d'un coup, on aurait dit qu'elle n'avait plus aucune inspiration. J'ai toujours trouvé ça curieux. Pourtant, autour de nous, j'entendais régulièrement dire que Charlotte Deblois avait du talent.

— Oh ça… Tu sais, ma belle Alicia, il y a certaines choses qui nous appartiennent en propre. Quand j'étais jeune, on appelait cela notre jardin secret. Je crois bien que l'écriture, pour ta mère, c'est justement son jardin secret. Il fut un moment de sa vie où elle en a eu besoin. Quelqu'un ou quelque chose l'a poussée à écrire. Puis cette raison est disparue et la source de son inspiration s'est tarie au même moment. Moi, vois-tu, c'est ce que j'ai toujours pensé. Mais je me trompe peut-être, tu sais ! Par contre, une chose dont je suis certaine, c'est que ta mère, ma belle Charlotte, est une femme d'honneur. La meilleure mère que tu aurais pu avoir. Ce que toi tu voyais comme fourberie à ton égard n'était que loyauté à l'égard de quelqu'un d'autre. Rien de plus ! Ne lui lance pas la pierre, elle ne le mérite pas.

— Quand tu parles comme ça, on dirait que tu l'aimes beaucoup.

— Plus que tu ne pourras jamais l'imaginer ! Beaucoup plus ! Ta mère est probablement l'être le plus droit que j'ai eu la chance de connaître dans ma vie. Et elle a été longue cette vie, crois-moi !

À partir de ce jour, Alicia avait eu quelques semaines devant elle pour alimenter les méditations qui accompagnaient ses randonnées au bord de l'eau. Souvent, elle se levait à l'aube quand la plage n'appartenait qu'à elle, et marchant d'un bon pas, elle avançait droit devant elle en se rappelant les paroles de mamie. Elle les accolait à quelques événements qui avaient marqué son enfance et son adolescence, modulant ainsi les souvenirs.

Ce fut ainsi, seule face à la mer, qu'Alicia comprit enfin que ce qu'elle croyait être parfois de l'indifférence à son égard était plutôt un grand respect de la part de sa mère.

Charlotte démontrait une grande confiance en sa fille.

Durant les derniers jours de son séjour au Connecticut, Alicia s'était même surprise à s'ennuyer de Montréal. Comme elle le faisait enfant, en riant avec mamie, elle avait compté les dodos jusqu'à son départ.

Une fête l'attendait chez elle. Une fête toute simple avec sa mère, sa sœur et son beau-père, une fête qui lui avait tiré les larmes des yeux.

Depuis ce jour, Alicia ne jugeait plus Charlotte exactement comme elle l'avait fait avant son départ précipité vers l'Angleterre. Oh ! Elle n'était pas encore prête à lui ouvrir tout grand les bras, mais entre elles, les choses se plaçaient petit à petit.

— On va essayer de tout repriser, n'est-ce pas, ma grande ?

— Repriser ?

— Oui, repriser. J'ai souvent comparé ma vie à une courtepointe. Et pour l'instant, certains morceaux méritent mon attention et quelques points pour la solidifier. Mais pour le faire, j'ai besoin que tu m'aides.

Quand Charlotte parlait ainsi, par images, Alicia avait l'intuition que l'écrivain n'était pas très loin. Cette Charlotte-là était celle de son enfance, et les souvenirs qui s'y rattachaient étaient empreints de chaleur, de tendresse.

Alors, oui, Alicia allait essayer d'aider Charlotte à repriser la courtepointe de leur vie. Ne sait-on jamais ce qu'elle pourrait y découvrir ! C'est pourquoi, lentement, Alicia s'obligeait à tracer un trait sur l'existence qu'elle avait menée en Angleterre. Non pas l'oublier, elle en serait bien incapable, tant la présence de grand-ma avait été déterminante pour elle, mais elle cherchait à mettre une démarcation entre ce qu'elle voyait comme deux parties de vie accolées l'une à l'autre. Elle n'avait pas le choix de voir la campagne anglaise derrière elle, car à peine quelques jours après son départ, la maison avait été vendue.

— Au prix demandé, en plus !

La jeune femme qui avait été chargée de cette vente n'en revenait tout simplement pas. Une vieille maison de village avait trouvé preneur en quelques jours à peine et sans le moindre besoin de négociation.

Ce jour-là, Alicia avait pleuré. Dans le secret de son cœur, en écho à ses rêves les plus fous, elle espérait que la maison des Winslow ne se vendrait pas. Tant pis pour les dépenses et les difficultés, le jour où elle aurait été médecin, Alicia aurait probablement eu les moyens de l'entretenir et, ainsi, elle aurait pu retourner en Angleterre au gré de sa fantaisie. Elle y aurait eu un petit chez-elle, puisant dans la vieille maison et la lande l'essence même de ses plus beaux souvenirs. Mais le destin en avait décidé autrement, et si par hasard elle retournait un jour au pays de son enfance, désormais ce serait vraiment à titre de visiteur même si elle avait la nationalité britannique.

Il ne lui restait plus donc qu'à attendre avec impatience le jour où elle recommencerait son internat. En se croisant les doigts, elle espérait que sa vie d'avant reprendrait sa place de façon normale, et peut-être même de façon précipitée, à partir de là.

Chose certaine, l'hôpital lui manquait et ne seraitce que pour cela, Alicia était heureuse d'être enfin de retour à Montréal.

Et c'est à cela qu'elle pensait, avançant à longues enjambées vers le quartier où habitaient Laura et sa tante Anne.

Malgré ce qu'elle avait espéré, la jeune femme se retrouva face à Évangéline quand elle sonna à la porte des Lacaille. Une Évangéline qui, de toute évidence, n'était pas de la meilleure humeur. Devant l'interrogation de la jeune femme qui demandait à voir Laura, la vieille dame leva les yeux au ciel et répondit d'une voix courroucée :

— Bon ! Que c'est ça encore ? On dirait ben que t'as rien compris, ma pauvre Alicia ! Me semble, pourtant, que c'était ben clair. Laura habite pus icitte.

— Mais encore ?

— Mais encore ? Je te suis pas pantoute, moé là ! Que c'est tu veux dire par là ? Encore quoi ?

— C'est une expression... En fait, j'aimerais tout simplement savoir où je peux la rejoindre.

— Ah ça ! C'est ben de valeur, mais c'est pas moé qui peux te le dire, rapport que je veux rien savoir de ce qui se passe dans la vie de ma p'tite-fille pour astheure. J'ai ni son adresse ni son numéro de téléphône, pis je m'en porte pas plus mal. Quand on vit dans le péché, faut s'attendre à ce que le monde s'éloigne de nous autres... Va falloir que tu reviennes pour parler à Bernadette, si tu veux en savoir plusse.

Même à demi-mot, les choses se précisaient pour Alicia.

— Et où est-ce que je peux la voir, sa mère ? Elle n'est pas ici ?

— Est jamais icitte à une heure aussi hâtive dans l'après-midi, voyons don ! Ça paraît que ça fait un boutte que t'es partie, toé là. Bernadette est à l'épicerie.

— Bien sûr ! Où est-ce que j'avais la tête ?

À ces mots, Évangéline secoua la tête avec commisération.

— Sur tes épaules, ma pauvre enfant ! T'avais, pis

t'as encore la tête sur tes épaules. Faut juste apprendre à ben s'en servir ! Astheure, tu vas m'escuser, mais le vent commence à être plusse frette, même si on est juste au mois d'août. J'ai pas envie d'attraper la grippe. On se reverra un autre tantôt !

La porte claqua sur ces derniers mots.

Alicia resta immobile un court moment, fixant la porte, la sécheresse du ton d'Évangéline lui résonnant encore aux oreilles. Pourtant, et fort curieusement d'ailleurs, c'est plutôt une sensation de tristesse qui lui restait de ce bref entretien.

La jeune femme descendit l'escalier à pas lents.

Au bout de la rue, le camion de la procure n'était pas encore arrivé. Alicia n'hésita pas. Autant en profiter et se rendre à l'épicerie pour rencontrer la mère de Laura. Elle reviendrait sur ses pas par la suite.

Contrairement à l'accueil d'Évangéline, celui de Bernadette fut chaleureux.

— Ah ben, ah ben ! Tu parles d'une belle visite, ça là ! Rentre, ma belle fille, rentre. Mon bureau est pas ben grand, mais tire-toé une chaise pareil. On va jaser ça un brin. Je peux-tu t'offrir un coke ?

C'est ainsi qu'Alicia comprit enfin ce qu'Évangéline voulait dire quand elle prétendait que Laura n'était plus là.

— … c'est comme ça que notre Laura a quitté la maison pour s'installer dans le logement de Bébert. Laisse-moé te dire que c'est tout un chambardement dans la maison ! Sans Laura, me semble que c'est pus pareil. En tout cas, pour moé, y' manque un gros morceau. Un ben gros morceau… Mais je présume que ça doit être de même pour toutes les mères quand les enfants s'en vont pour faire leur vie. Pis toé, ma belle enfant? Quoi de neuf dans ta vie? T'es-tu ici pour y rester, c'te fois-citte?

Ce fut au tour d'Alicia de raconter succinctement ce qui traversait sa vie. Sans entrer dans les détails, sans rien dire, finalement.

— J'étais partie pour aider ma grand-mère vieillissante. Maintenant que grand-ma est décédée, j'aimerais finir mon cours. Par contre, pour le faire, je n'avais pas le choix: il fallait que je revienne. Mais l'Angleterre me manque, vous ne pouvez pas savoir à quel point!

Puis, un peu plus tard, Alicia quitta l'épicerie tenant bien précieusement au fond de sa poche le bout de papier où étaient inscrits l'adresse et le numéro de téléphone de Laura.

— C'est ma fille qui va être contente de te voir! précisa Bernadette en reconduisant Alicia à la porte de l'épicerie. Tu peux pas savoir le nombre de fois qu'a' l'a parlé de toé!

— Moi aussi je me suis ennuyée, vous savez. J'ai bien hâte de la revoir! Et vous aussi, j'étais contente de vous revoir. À bientôt, j'espère!

Tel que décidé un peu plus tôt, Alicia rebroussa chemin en direction de la maison de sa tante Anne, ce qui ne l'empêcha pas de regarder le papier à deux reprises tout en marchant. Elle était indécise. Bien sûr, elle avait promis à sa mère de rendre visite à Anne. Mais d'un autre côté, il y avait Laura dont elle s'était beaucoup ennuyée.

Quand elle vit que le camion n'était toujours pas stationné dans la ruelle à côté de la maison à lucarnes, ce fut plus fort qu'elle, Alicia étira un large sourire. Plus de cas de conscience: elle pouvait se rendre chez Laura immédiatement sans se sentir coupable!

Se fiant aux indications données par Bernadette, la jeune femme continua donc tout droit devant le casse-croûte de monsieur Albert.

Se rendre au prochain coin de rue, passer le feu de circulation puis tourner à gauche, dépasser un autre coin de rue avant de prendre à droite au second feu de circulation.

Si elle avait eu quelques années de moins, Alicia aurait probablement marché à cloche-pied tant elle était heureuse et excitée.

— Une fois rendue sur la bonne rue, tu surveilles le 3508 pis tu lèves les yeux, avait dit Bernadette. Laura pis Bébert habitent au 3512, au troisième étage d'une grosse bâtisse brune.

— Au troisième étage?

— Ouais... C'est un peu haut, mais Bébert voulait avoir personne pour y piocher sur la tête.

— Ça se défend!

La rue avec le gros érable au coin, juste avant le 3502...

Alicia passa devant une maison toute grise et étroite arborant une triste mine. Puis elle arriva au 3508, un bâtiment nettement plus coquet.

Un long escalier en colimaçon enrubanné de lierre grimpait à l'assaut d'une vieille maison de briques brunâtres. Il se faufilait entre les balcons de bois coquettement peints en beige, accrochés de biais à la façade.

Un souvenir, un seul, datant de nombreuses années déjà, fit ralentir le pas d'Alicia, et c'est songeuse qu'elle arriva lentement devant l'escalier menant chez son amie.

Un pied en équilibre sur la première marche, elle hésita avant de monter.

Alicia se rappelait fort bien que Laura lui avait déjà dit que jamais elle n'habiterait dans un logement ressemblant à celui de sa grand-mère.

— Moi, un jour, je vais avoir une maison en banlieue, avait-elle déclaré, catégorique, le nez en l'air et un brin prétentieuse. Peut-être pas aussi belle ni aussi grande que celle de tes parents, c'est ben certain, mais pas question de moisir dans un vieil appartement comme celui de ma grand-mère, par exemple. Dans ma maison, il va y avoir du soleil dans toutes les pièces !

À cette époque-là, elles devaient avoir treize ou quatorze ans et elles parlaient régulièrement d'avenir.

Alicia esquissa un sourire nostalgique.

À première vue, la maison où habitait Laura semblait encore plus vieille et défraîchie que celle de sa grand-mère même si elle était en meilleure condition que ses voisines.

Son amie y était-elle heureuse ?

Alicia haussa imperceptiblement les épaules, indécise.

Si Laura avait choisi de vivre avec Bébert, c'est sûrement qu'elle l'aimait. Elle n'était pas du tout le genre de fille à déménager armes et bagages pour rejoindre un simple ami. Donc, Laura était en amour.

Un petit pincement au cœur en se disant que son amie ne lui avait jamais parlé de ce Bébert, puis Alicia reprit sa réflexion.

Oui, sûrement que Laura aimait son Bébert. Et si elle l'aimait, habiter ici ou ailleurs n'avait probablement pas la moindre importance.

Alicia laissa échapper un soupir.

Savoir si le logement habité pouvait avoir de l'importance quand on était en amour était une question à laquelle Alicia ne pouvait répondre. Elle n'avait jamais été amoureuse. Jamais. L'hiver qu'elle avait passé avec son ami Jacob dans un vieux château en Écosse, emmitouflée jusqu'au cou parce que le vent s'infiltrait de partout, ne comptait pas vraiment. Même s'ils avaient vécu comme des amoureux durant quelques semaines, entre eux, il n'était question que d'amitié.

C'est durant cet hiver-là qu'elle avait réellement pleuré le décès de grand-ma et fait le point sur toutes les déceptions qui avaient traversé sa vie. Jacob l'avait consolée, tout simplement.

Alicia leva les yeux. D'où elle était, la spirale de l'escalier semblait monter indéfiniment, telle une flèche piquant le ciel. Prenant alors une profonde inspiration, la jeune femme en attaqua l'ascension en se cramponnant solidement à la rampe.

Elle arriva essoufflée au dernier balcon. Le temps de quelques profondes respirations, puis elle tendit la main vers la sonnette qui avait un joli son de clochettes.

Il y eut un bruit de pas dans ce qui semblait un long couloir, puis la porte s'ouvrit à la volée.

— Alicia !

La jeune femme n'eut même pas le temps de répondre qu'elle se retrouva entravée par les bras de Laura qui la serrèrent avec affection.

— Enfin, murmura Laura d'une voix étouffée.

Puis elle relâcha son étreinte et recula d'un pas avant d'éclater de rire. Un rire tout léger, joyeux, comme Alicia n'en avait pas entendu depuis fort longtemps.

De ce fait, elle venait d'avoir une première réponse : de toute évidence, Laura était heureuse ! Alors, Alicia répondit à son rire par un sourire sincère.

— Entre, Alicia. Je pense qu'on a des heures et des heures de jasette à mettre à jour ! Ça tombe bien, Robert travaille jusque très tard, ce soir ! On va se payer la traite !

C'est ce qu'elles firent avec une aisance qu'elles n'avaient pas ressentie depuis longtemps, installées toutes les deux au salon, une pile de sandwiches sur la table à café, comme elles en dévoraient jadis au retour de leurs escapades en ville alors qu'elles écumaient les boîtes à chanson le vendredi soir.

— Tu te rappelles ?

— Oh oui !

Claude Léveillée, Pierre Létourneau, Clémence Desrochers…

— C'était le bon temps !

— À qui le dis-tu ! Et te rappelles-tu les films qu'on allait voir le dimanche après-midi ?

— Et comment ! On se pâmait devant les acteurs

en mangeant du pop corn ! Mon préféré, c'était Paul Newman !

— Et moi, Henry Fonda !

En riant, les deux jeunes femmes traversèrent les années, d'un film à une chanson, d'un devoir de mathématiques à un cours à l'université comme si le dernier voyage de Laura en Angleterre n'avait jamais eu lieu. Il faut dire, cependant, que lors de ce voyage, Laura et Alicia n'avaient pas vraiment parlé du passé et ça leur manquait.

Puis ce fut le temps présent.

— J'aurais préféré me marier, mais à cause de ma grand-mère…

Et Laura de raconter la dernière année qui avait abouti sur cette décision de ne plus attendre un mariage qui ne se ferait probablement pas avant des lustres.

— Au moins, mes parents ont compris.

— Et moi, je crois que j'aurais préféré poursuivre mes études en Angleterre. Mais ce n'était pas possible.

Ce fut à ce moment qu'Alicia annonça que la maison de grand-ma avait été vendue en moins d'une semaine.

— J'espérais tellement qu'elle ne se vende pas !

La jeune femme avait les yeux brillants de larmes.

— Je vais m'ennuyer du jardin, tu sais. De la lande, de la minuscule cuisine, du salon si chaleureux avec son gros poêle et ses fauteuils fleuris.

— Je comprends. C'était comme un petit coin de paradis.

— Je sais. Quand j'ai appris que la maison était

vendue, ça a été comme si on me dépossédait de ma nationalité.

À ces mots, Laura tourna un regard interloqué vers Alicia.

— Ça, par contre, je comprends moins, avoua-t-elle sans ambages. Une nationalité ou une autre, qu'est-ce que ça change ?

La réponse d'Alicia fusa sans la moindre hésitation.

— Pour certains, pas grand-chose, j'en conviens. Pour moi, par contre, c'est toute mon enfance qui est contenue dedans.

— Vu comme ça…

Un long silence fait d'intériorité, de souvenirs et d'émotions non confiées se tissa dans le salon entre les deux jeunes femmes. Puis Laura reprit.

— Mais si tu étais restée en Angleterre, là maintenant, je ne sais pas si on se serait revues un jour. De toute façon, si tu avais toujours vécu en Angleterre, on ne se serait jamais connues !

Alicia répondit à ce cri du cœur par un sourire nostalgique.

— Je sais… C'est un peu pour ça que je ne regrette rien. Il ne faut pas croire qu'à travers mes déceptions, il n'y a que des contrariétés. Je sais aussi reconnaître tout ce qu'il y a eu de beau et de bon dans ma vie. À commencer par toi, par ma petite sœur, par Jean-Louis, mon beau-père. C'est un homme formidable, tu sais… C'est grâce à lui si, un jour, j'ai eu envie de devenir médecin. Alors…

Laura remarqua qu'Alicia n'avait pas mentionné le nom de sa mère dans cette liste des gens qu'elle aimait.

Pourtant, elle ne souleva pas ce fait. Plus tard, on y viendrait quand la glace serait véritablement rompue et que les confidences reprendraient leur place naturellement.

— La vie est ainsi faite, je crois bien, soupira-t-elle. On ne choisit pas toujours les circonstances, mais on finit toujours par s'accommoder des événements qui croisent notre chemin. Regarde moi ! J'ai accepté l'idée que je ne me marierais pas. Je suis déçue, c'est vrai, mais je suis heureuse quand même.

— Et moi, je vais finir par devenir médecin. Dans le fond, c'est ça qui est important. Le reste n'est qu'accessoire.

— Ouais… Comme tu dis.

Un fin silence se posa entre les deux amies avant qu'Alicia reprenne d'une voix plus légère :

— Et puis maintenant que je suis revenue, on va pouvoir recommencer à sortir ensemble, non ?

Il y avait, en même temps que du plaisir anticipé, beaucoup d'attente dans la voix d'Alicia.

— Je sais bien que les boîtes à chanson ne sont plus vraiment à la mode, concéda-t-elle, mais il y a des salles de spectacles, des cinémas, des brasseries…

— Oh ! Une minute toi là ! C'est sûr qu'on va pouvoir sortir ensemble, mais à l'occasion seulement…

Tout en parlant, Laura avait ouvert les bras pour montrer le salon où elles étaient assises.

— Maintenant, je ne suis plus seule. Il y a Bébert… Mais ça arrive assez souvent qu'il travaille le vendredi soir. On en profitera.

— Le vendredi ? Oui, bien sûr… Je… On va en

profiter, quand je ne serai pas de garde.

Un long regard scella cette constatation.

— Finalement, on va essayer de se voir, mais on ne peut jurer de rien.

Il y avait de la déception dans la voix de Laura quand elle ajouta :

— On ne le savait pas encore, mais quand on était jeunes, c'était le bon temps ! Pas d'obligations, pas de responsabilités.

— Oui, c'est vrai…

Alicia aussi avait l'air déçue tandis que Laura, maintenant, était songeuse.

— J'ai bien l'impression qu'on finit tous par avoir ce genre de réflexion un jour ou l'autre… Même mon amie Francine a déjà parlé comme ça, tu sais. Et Francine, c'est loin d'être une philosophe, crois-moi !

— Doit-on s'en réjouir ?

— De quoi ?

— De cette prise de conscience ?

— A-t-on le choix, ma pauvre Alicia ? Le moindrement qu'on ose se pencher sur notre vie, le moindrement qu'on regarde notre passé, on ne peut pas faire autrement que de poser des jugements, que de se faire des réflexions. Regarde tout ce qui a traversé ta vie au cours des trente dernières années ! C'est certain que ça t'a bouleversée. Tu t'es rebiffée. Mais une fois, ça fait, et qu'est-ce que tu peux y changer, dis-moi ? Pas grand-chose, n'est-ce pas ? Ou tu acceptes et tu vas de l'avant. Ou tu te butes et tu es malheureuse. Ça vaut pour moi aussi. Ça vaut pour tout le monde.

Et sur ce constat, Laura éclata de rire.

— Nous entends-tu parler ? J'ai l'impression d'être dans ma salle de consultation. Je suis folle de joie de te revoir et nous voilà en train de discourir sur les aléas de la vie ! Et si justement on profitait du fait que Bébert travaille ce soir ? On pourrait aller au cinéma. J'ai lu dans le journal, ce matin, qu'on passait *2001: l'odyssée de l'espace*. C'est en reprise au cinéma Beaubien et je ne l'ai pas encore vu.

Une ombre d'indécision traversa le regard d'Alicia avant qu'elle prenne une profonde inspiration et dise:

— Non, pas ce soir… J'ai promis à ma mère que j'irais voir ma tante Anne. On pourrait peut-être se reprendre demain après-midi ?

— Non. Malheureusement, demain, on va à Québec. Bébert a promis à notre filleul, Steve, qu'on irait à l'Exposition provinciale avec lui. Cet enfant-là est fou des manèges et mon cher Bébert, lui, adore les animaux. Il peut passer des heures à se promener dans les bâtiments de vaches et de cochons. C'est pour ça qu'il travaille si tard ce soir: pour pouvoir partir l'esprit en paix. Serge, le jeune pompiste, va s'occuper du garage en notre absence, mais il ne peut faire les réparations.

— Je vois.

Brusquement, la conversation tomba à plat. On avait fait l'inventaire des événements; celui des émotions devrait attendre.

— Tu veux un dernier café ?

Un rapide regard sur sa montre et Alicia déclina l'offre.

— Je te remercie, mais je devrais déjà être partie.

Le temps de reprendre son chandail et son sac à main, et Alicia était déjà sur le trottoir.

Laura resta sur le balcon à regarder son amie remonter la rue. Les deux mains appuyées sur la rampe, elle ne la quitta pas des yeux, se répétant qu'il était dommage qu'elles n'aient pu aller au cinéma ensemble. Curieusement, elle avait l'impression que les occasions de se revoir se feraient plutôt rares.

Quand Alicia arriva au coin de la rue, elle se retourna. Apercevant Laura qui la surveillait, elle leva le bras et secoua joyeusement la main. Laura lui rendit aussitôt son salut en se disant qu'après tout, il n'en tenait peut-être qu'à elle pour que les rencontres soient plus nombreuses.

— Promis, je la rappelle bientôt, murmura-t-elle au moment où Alicia quittait son champ de vision. Pis si c'est pas un vendredi, ça sera un lundi ou un jeudi, maudite marde ! Bébert devrait comprendre. Des amies comme Alicia, j'en ai pas des tonnes et j'y tiens !

Puis Laura entra dans l'appartement pour préparer les bagages. Demain, Bébert et elle partaient pour Québec ! Elle salivait déjà à la pensée de cette petite escapade. Revoir Francine, Steve... Pour couronner la journée, ils mangeraient tous ensemble chez Cécile, ce qui n'était pas pour lui déplaire non plus.

— Comme un réveillon, avait déclaré Cécile en riant. Je vais même inviter mon fils à se joindre à nous !

Laura entra donc dans la chambre en chantonnant et tira d'en dessous du lit une vieille valise de carton bouilli.

# DEUXIÈME PARTIE

## *Automne 1970*

# CHAPITRE 5

*Quand on est mort, c'est qu'on est mort*
*Quand on ne rit plus, c'est qu'on ne vit plus*
*Quand j'aurai coupé la ficelle*
*Mettez-moi dans une poubelle.*

*Le chat du café des artistes*
JEAN-PIERRE FERLAND

**Los Angeles, mardi 8 septembre 1970**

Ici, c'était encore l'été et Antoine se laissait porter par l'air du temps.

Sans se poser de questions. Sans penser à Montréal. Sans véritable ennui des siens. Sans rien du tout autre que le moment présent qu'il savourait pleinement avec cette impression revigorante d'une profonde inspiration au grand air.

Jamais il n'aurait pu imaginer trouver un pays, une ville, une famille où la liberté avait une telle importance, une telle envergure.

Où le respect les uns des autres dictait tout.

Parce que, pour lui, c'est ce que le mot « respect » voulait dire: être libre. Libre de penser sans être rappelé à l'ordre, libre d'agir sans être surveillé, libre d'aller et venir dans la rue, de jour comme de nuit, sans connaître la peur.

Pour une fois, et il avait envie de dire pour la toute première fois, Antoine était heureux sans remords, sans scrupules, sans compromis, sans la moindre arrière-pensée.

Il en était venu à bénir le destin qui avait détruit une partie de son travail. Ce malheur lui avait ouvert les portes du bonheur.

Dès l'aéroport, il avait été accueilli avec enthousiasme par un Peter Clark échevelé, vêtu d'une chemise indienne et portant des sandales en cuir. Rien à voir avec monsieur Longfellow, le propriétaire de la galerie new-yorkaise, plutôt strict dans tous les sens du terme, de la cravate aux souliers vernis en passant par le langage recherché, pour ne pas dire pointu.

Et que dire de monsieur Gérard à Paris !

— *I'm so happy to see you!*

Monsieur Clark était un gaillard de six pieds, large d'épaules et à la voix grave, mais curieusement pétillante de joie. Sa poignée de main était si ferme, si vigoureuse qu'Antoine n'avait eu aucune de ses pensées habituelles qui le menaient habituellement au dédain et au retrait précipité.

Sur le chemin conduisant chez lui, monsieur Clark avait expliqué à Antoine qu'une chambre avec vue sur la mer avait été préparée à son intention, qu'un petit boudoir avait été transformé en atelier pour lui et qu'une famille l'attendait impatiemment.

Il y avait Peter, le père, et Mary, la mère, qui, aux dires d'Antoine, dès le premier regard, n'avait pas du tout l'air d'une mère avec ses longs cheveux blonds qui flottaient librement sur ses épaules, ses jeans rapiécés, ses sandales de cuir, elle aussi, et ses éclats de rire fréquents. Pour un oui ou pour un non, Mary Clark pouffait de rire !

Venaient ensuite les jumeaux Leonard et David, âgés de quinze ans, aux cheveux si longs qu'ils devaient les attacher en catogan sur la nuque. Antoine avait écarquillé les yeux en les apercevant.

— Ne t'en fais pas, moi aussi j'ai parfois de la difficulté à les reconnaître, avait souligné Peter en riant devant l'air éberlué d'Antoine, se méprenant sur le sens réel de sa réaction. C'est souvent comme ça avec des jumeaux identiques. Imagine ce que ça doit être pour le professeur !

Pourtant, Antoine n'était pas tant surpris par la grande ressemblance que par la longueur des cheveux !

Seule Donna, l'aînée, manquait à l'appel à ce moment-là.

— *She is studying in Paris for the summer.*

Mary ne parlait que l'anglais.

Un peu comme au Portugal quand il visitait Gabriel et Miguel, Antoine s'était rapidement senti à l'aise avec les Clark.

Ce qu'Antoine avait un peu plus de difficulté à comprendre, cependant, c'était pourquoi il était aussi détendu avec de purs étrangers, si différents de lui, de surcroît, alors qu'à Montréal, il était toujours sur la défensive.

Le travail qu'il avait devant lui pour restaurer les toiles avait repoussé cette réflexion à plus tard et Antoine avait passé les deux premières semaines de son séjour enfermé dans son atelier. De ce fait, les contacts avec la famille se faisaient plutôt rares et hormis à l'heure des repas, chacun vaquait à ses occupations.

Jusqu'au matin où Donna était revenue de son séjour en Europe.

Donna était la fille aînée de Peter et Mary. Étudiante en arts pour pouvoir prendre la relève de son père un jour, à la galerie, elle revenait d'un voyage à Paris où elle avait fait un stage de formation.

Entre Antoine et la jolie Donna, la Ville lumière avait servi de prétexte, la peinture avait été la base de leurs discussions et leur jeunesse avait fait tout le reste.

La fin de semaine suivant son retour à la maison, Donna lui proposait déjà un bref séjour à San Francisco. Sous prétexte du travail qu'il devait terminer, Antoine avait d'abord refusé, éprouvant un certain malaise. C'était la première fois qu'il se sentait embarrassé, depuis son arrivée ici, et il en avait été contrarié.

Était-ce la présence de Donna qui causait ce changement ?

— Tu ne peux pas venir sur la côte Ouest sans prendre le temps d'aller visiter San Francisco, avait alors objecté Donna d'une voix à la fois catégorique et boudeuse, mettant ainsi un terme à la réflexion d'Antoine.

San Francisco…

Antoine en rêvait ! Pourquoi alors tant d'hésitation ?

À ce moment, le nom d'Anne Deblois avait traversé l'esprit d'Antoine, mais il l'avait vite repoussé. Il ne faisait rien de mal. On lui proposait tout simplement un court voyage à San Francisco.

Que répondre à cela, lui qui rêvait de visiter cette ville ?

Antoine avait donc accepté. De toute façon, il allait vite apprendre qu'on ne tient pas tête à une Donna Clark !

Le lendemain matin, ils partaient ensemble pour un bref voyage de trois jours.

— Je te le ramène en pleine forme, avait promis la jeune femme à son père tout en riant. Ça va lui faire du bien de prendre un peu de soleil, il est blême comme une aspirine !

Aux yeux d'Antoine, la route avait été un pur enchantement.

Le ciel était d'un bleu parfait, la mer miroitait de mille feux, la brise qui décoiffait ses cheveux de plus en plus longs était douce et la musique que Donna faisait jouer était grisante.

The Doors, The Guess Who, Otis Redding…

Ça le changeait agréablement de la musique classique et du jazz qu'il avait l'habitude d'entendre chez Anne.

Ou du sempiternel Glenn Miller que sa grand-mère s'entêtait à écouter en boucle depuis le salon de l'appartement !

En arrivant à San Francisco, le dépaysement s'était poursuivi. Antoine avait eu l'impression de tomber sur une autre planète.

Plus rien ne ressemblait à ses balises habituelles.

Robes longues et guitares. Fleurs dans les cheveux des filles, collier de bois au cou des garçons.

À croire que durant les quelques heures de route qu'il venait de faire, le monde avait radicalement changé et qu'il ne restait plus que des jeunes pour peupler la surface de la Terre.

Et les plus vieux qui avaient réussi à survivre au tsunami avaient l'air jeunes, eux aussi !

San Francisco…

Donna y avait des amis et c'est avec eux qu'ils avaient passé le plus clair de leur temps.

C'est avec eux qu'Antoine avait fumé son premier joint, pouffant de rire comme tout le monde pour une première fois de sa vie, acceptant d'être assis épaule contre épaule avec d'autres jeunes comme lui pour une première fois de sa vie, chantant de bon cœur autour d'un feu de camp et dormant à même l'herbe d'un parc pour une première fois de sa vie.

San Francisco…

Antoine en était revenu la tête pleine de projets, d'images et d'émotions nouvelles qu'il voulait confier à la toile. Mais il restait quelques tableaux à restaurer, alors, Antoine avait remis ses projets à plus tard, n'en parlant qu'à sa mère quand il lui téléphonait.

— Je ne sais pas quand je vais revenir, moman. Il y a tellement de choses nouvelles ici ! J'ai envie de me faire des provisions d'images.

Par contre, il n'avait osé tenir le même langage quand il s'était enfin décidé à écrire à Anne.

« Les toiles sont plus abîmées que je le croyais, avait-il gribouillé sur la feuille blanche. Je ne sais pas trop quand je vais pouvoir revenir. »

Ce n'était ni vérité ni mensonge. C'était ce qu'il avait trouvé de mieux à dire pour expliquer une si longue absence.

Puis était venu le matin où tout avait été fini. Les derniers tableaux venaient d'être accrochés dans la galerie. Déambulant la tête haute tout en examinant consciencieusement les murs, Antoine n'avait pu s'empêcher d'éprouver une grande fierté. Puis il s'était tourné vers Peter Clark.

— Si vous acceptiez de me garder pour quelques semaines encore, je vous donnerais une pension, avait-il alors improvisé, incapable de se résoudre à accepter l'idée de partir immédiatement. Il y a tant de croquis que je voudrais faire !

Peter Clark avait refusé en secouant vigoureusement la tête.

— Une pension ? *No way! But...* rester avec nous, ce serait un plaisir ! Tu me laisseras la priorité pour le choix de nouvelles toiles quand tu auras fini de les peindre, et ça sera ta pension.

Alors, Antoine était resté.

Le jour, il dessinait ou il peignait. Le soir, il sortait avec Donna.

Et les semaines avaient passé.

Tous les lundis, en bon fils qu'il était toujours, il téléphonait à sa mère pour prendre des nouvelles et en donner. Depuis deux semaines, les jeudis, il recevait une lettre d'Anne à laquelle il n'avait répondu qu'une seule fois. Il avait l'impression de n'avoir rien de bien nouveau à lui raconter.

Répéter que la restauration était plus longue que prévu était devenu un véritable mensonge et Antoine n'était pas menteur. Pas vraiment.

Et voilà que maintenant, l'été tirait à sa fin même si

la chaleur, ici, était encore bien présente. Donna, quant à elle, avait commencé à parler de son départ pour Boston où elle reprendrait ses études, et Antoine avait compris que sa présence lui manquerait.

Le soir, avant de s'endormir, il essayait d'imaginer la vie dans la famille Clark sans Donna et le charme était rompu.

Alors, il tentait d'imaginer son retour à Montréal. Retrouver la famille, Laura et Bébert.

Retrouver Anne.

Quand ce nom lui traversait l'esprit, Antoine se tournait et se retournait dans son lit, inconfortable.

Anne Deblois…

Antoine n'y pouvait rien: penser à la jolie musicienne, c'était renouer aussitôt avec l'inconfort de sa culpabilité.

Peut-être avait-elle été trop longtemps madame Anne avant d'être Anne tout court?

Peut-être.

Peut-être que de savoir que son mari était toujours vivant suffisait à faire naître la culpabilité?

Peut-être.

Maintenant qu'il connaissait Donna, il ressentait tant et tant d'incertitudes dans sa relation avec Anne.

Ici, tout était tellement plus facile, plus simple.

Et Donna était libre, elle!

Pourtant, il pensait encore aimer Anne. Même au loin, même sans la voir, sans lui parler, sans lui écrire trop souvent.

N'est-ce pas qu'il l'aimait encore?

Le soir, c'était toujours sur cette interrogation

qu'il finissait par s'endormir.

Le lendemain, au déjeuner, il revoyait les grands yeux gris de Donna et il ne savait plus.

Dans dix jours, la jeune Américaine serait partie. Pourquoi, dès lors, rester plus longtemps ?

C'est ainsi qu'Antoine commença lui aussi à parler de départ.

— Il serait peut-être temps de rentrer chez moi. Je commence à abuser !

Chaque fois qu'Antoine faisait allusion à son départ, les grands yeux gris avaient l'air tristes.

— *Oh no!* Tu ne serais pas là quand je vais revenir à la mi-octobre !

— Ben…

— Rien ne presse, tu sais !

Peter Clark se glissa dans la discussion.

— La mer a de si belles intonations en automne. Tu peux rester tant que tu veux, Antoine. Tant que tu veux ! C'est moi qui serai gagnant avec tes toiles !

— Si vous le voyez comme ça…

Antoine décida donc de rester encore, éprouvant une sorte de soulagement en pensant que le retour à Montréal serait reporté.

Ce soir-là, il eut plus de difficulté à s'endormir. Le sourire d'Anne Deblois se mêla au regard triste de Donna, et le sommeil refusa de prendre la place qui aurait dû être légitimement la sienne.

Ce fut Antoine qui proposa un dernier voyage à San Francisco. Au cours de l'été, ils y étaient allés deux fois.

Cette fois-ci, la route se fit sous un ciel plombé par

l'orage qui se préparait à l'horizon. La pluie ne saurait tarder.

La mer se déclinait dans tous les tons de gris, de l'ardoise au titane, de la cendre à la poussière, et Antoine comprit ce que Peter avait voulu lui dire: ainsi drapée dans sa colère, la mer était inquiétante, fascinante, mille fois plus belle.

Les premières minutes de la route se firent dans un silence de cathédrale.

Alors, Donna tendit la main et mit une cassette dans le lecteur. La voix douce de Donovan envahit l'habitacle de l'auto dès que la ville fut derrière eux, remplaçant une conversation qui se serait étiolée de toute façon.

*Catch The Wind, Mellow Yellow, Hurdy Gurdy Man...*

— C'est ben beau ! Je le connaissais pas, lui.

— C'est Donovan... C'est habituellement lui que j'écoute quand je suis triste. Lui ou Bob Dylan...

Antoine n'osa ajouter quoi que ce soit. Son cœur battait la chamade. Ainsi, il n'était pas seul à être triste.

À San Francisco, la plage était déserte et les rues moins achalandées. Bien sûr, il restait des touristes, et les passants habituels vaquaient à leurs occupations, mais la faune colorée de l'été avait disparu.

Antoine en fut déçu le temps d'un soupir.

L'air était frais, le soleil se glissait de nuage en nuage, s'amusant à faire des ombres pour le plaisir comme un flûtiste jouait de son instrument dans un parc voisin pour le plaisir.

La main de Donna se glissa dans la sienne, l'entraînant à sa suite.

Alors, Antoine se mit à détailler une ville qu'il avait si peu remarquée lors de ses précédents voyages, et les images de tableaux envahirent sa tête.

— J'aimerais faire quelques croquis.

Puis lentement, d'une remarque sur l'architecture d'une maison toute colorée à l'envie d'un bon café, les mots reprirent naturellement leur place entre les deux jeunes gens.

Donna parla de ses études qu'elle avait hâte de reprendre.

— Même si je vais m'ennuyer ! Jamais je n'ai trouvé Boston aussi loin de chez moi !

Et Antoine parla des toiles qu'il voulait peindre.

— En attendant que tu reviennes. Tu vas voir, le temps va passer vite !

Puis vint le soir. La main de Donna s'agrippa encore plus fort à celle d'Antoine.

— Il fait froid.

— Trop froid pour dormir dehors, ça c'est ben certain.

— On va à l'hôtel ?

— On va à l'hôtel.

D'un regard, Donna et Antoine s'étaient compris. Ils étaient jeunes, ils avaient envie l'un de l'autre et surtout, ils étaient libres tous les deux, libres comme le vent.

De toute façon, ici, à San Francisco, tout était permis. On le sentait dans l'air. On le voyait dans le regard des gens.

Alors, cette fois-ci, Antoine n'eut pas peur. Il avait l'impression que cet instant et cette décision, tout comme la nuit qui allait suivre, étaient inscrits dans le ciel depuis la nuit des temps.

En ce moment, Antoine Lacaille ne pourrait être ailleurs qu'ici, à San Francisco, ni avec personne d'autre que Donna Clark.

Quand la jeune femme se glissa dans le lit, à côté d'Antoine, ce dernier n'eut qu'une seule pensée: jamais il n'aurait pu imaginer être, un jour, aussi heureux. Il referma les bras sur les épaules de Donna et l'attira vers lui.

Antoine aurait eu envie de lui dire merci, de lui avouer que grâce à elle, il était guéri, mais Donna n'aurait pas compris.

Il vécut les deux plus beaux jours de sa vie à San Francisco. Donna et lui alignaient les projets d'avenir comme seuls deux amoureux peuvent avoir l'audace de le faire. En quelques heures, ils refirent le monde!

— On parlera à mes parents quand je reviendrai en octobre.

— Et moi, après, j'irai à Montréal pour voir ma famille. Tu pourrais peut-être m'y rejoindre à Thanksgiving? C'est bien en novembre, n'est-ce pas, et c'est une fête importante pour vous?

— C'est bien en novembre et c'est une fête importante, oui.

Durant l'absence de Donna partie à Boston pour ses études, Antoine peignit les plus belles toiles jamais réalisées à ce jour.

Tous les lundis, il continuait d'appeler sa mère, fixant maintenant une date pour son retour.

— Je serai là pour la mi-octobre, promis!

— Enfin, bâtard ! Y' est temps que la maison se remplisse un peu. Avec toé pis Laura partis, laisse-moé te dire que c'est vide pas à peu près, icitte !

Antoine n'osa ajouter qu'il ne serait que de passage…

Les jeudis, il recevait une lettre d'Anne. Mais depuis qu'il lui avait annoncé qu'il reviendrait à l'automne, il ne répondait plus à ses missives hebdomadaires. Ce qu'il avait à lui dire ne se confiait pas au papier. Malgré la peine qu'il en avait et celle qu'il ferait, malgré la peur qui lui nouait le ventre quand il y pensait, Antoine savait qu'il parlerait à Anne en la regardant droit dans les yeux.

Ça serait plus honnête.

Il lui devait au moins cela.

* * *

Bernadette avait eu beau se creuser la cervelle durant des semaines, elle n'arrivait toujours pas à trouver le prétexte qui justifierait un appel à monsieur Roméo. Ainsi, quel ne fut pas son soulagement quand le vieil homme se présenta de lui-même à leur porte, par un certain lundi midi, alors que l'automne était à son plus beau ! Les arbres flamboyaient d'or et d'orangé le long de l'avenue, les oiseaux s'égosillaient comme aux jours les plus chauds de l'été et la brise avait des douceurs de printemps.

— Madame Évangéline est-elle là ? Je sais bien que je n'ai pas prévenu et que je suis un peu plus tôt que d'habitude…

Plus tôt que d'habitude ?

Bernadette fronça les sourcils.

Le Roméo aurait donc ses habitudes avec Évangéline ? Curieux qu'elle n'en ait pas parlé, mais ça pouvait s'avérer intéressant !

Bernadette leva aussitôt les yeux vers monsieur Blanchet et esquissa ce qu'elle savait être son sourire le plus suave. Ce même sourire lui avait ouvert bien des portes quand elle avait commencé à vendre ses produits Avon. Avec un peu de chance, il devrait ouvrir, aujourd'hui, la porte d'un dialogue fructueux avec Roméo Blanchet.

Casquette à la main, le vieil homme aux cheveux de neige la regardait avec une lueur bienveillante au fond du regard.

Puis, se tournant à demi, il montra la rue d'un grand geste du bras, ample et théâtral.

— Il fait si beau, aujourd'hui !

— À qui le dites-vous !

La vendeuse en Bernadette venait de s'éveiller. C'était le temps ou jamais de lui parler à propos de Laura et d'Évangéline. Elle étira le cou, admira la rue que monsieur Blanchet lui montrait toujours, regarda à droite, regarda à gauche, et revint à son interlocuteur.

— C'est rare, des belles journées de même en octobre, apprécia-t-elle en hochant la tête. Vous faites ben d'en profiter. Mais pour Évangéline, par exemple, c'est ben de valeur, est pas là !

Même si intérieurement Bernadette jubilait d'avoir monsieur Roméo à elle toute seule pour lui parler, sa voix exprimait une réelle désolation.

En écho à ce que Bernadette venait de dire, une ombre de déception traversa alors le regard de Roméo. Une ombre que Bernadette décida sur-le-champ de mettre à contribution. Si monsieur Roméo était déçu de l'absence d'Évangéline, c'est qu'il tenait à elle. Et s'il tenait à elle, c'est qu'il saurait probablement, en quelques mots, lui faire entendre raison et, de ce fait, lui redonner une certaine joie de vivre.

Bernadette étira son sourire au maximum !

— Pis je dirais que c'est justement à cause de la température si ma belle-mère est pas là, expliqua-t-elle, avenante, question d'entretenir la conversation pour éviter qu'elle tombe à plat avant qu'elle soit parvenue à ses fins. T'à l'heure, juste avant le dîner, est partie rien que sur une traite, en claironnant qu'a' l'en avait assez d'être enfermée entre quatre murs. « Y fait trop beau, qu'a' l'a dit, j'vas prendre une marche ! » Pis est partie avant que je puisse y demander si je l'attendais pour manger. Ça se peut-tu, être vite de même ? Vu l'heure qu'y' est rendu, c'est comme rien qu'a' l'a dû s'arrêter en quèque part pour prendre une bouchée.

— Dans ce cas...

Roméo Blanchet avait remis sa casquette et de toute évidence, il s'apprêtait à repartir.

— Je ne vous dérangerai pas plus longtemps. Vous direz à madame Lacaille que je suis passé et si...

— Pantoute !

— Pardon ?

— J'ai juste dit « pantoute » dans le sens que j'aurai

pas besoin de dire quoi que ce soit à ma belle-mère, pasque c'est vous en personne qui allez y parler.

Bernadette n'avait jamais réfléchi aussi vite de toute sa vie. À ses yeux, sa relation avec Laura dépendait des quelque trente minutes qui allaient suivre. Si elle arrivait à convaincre monsieur Blanchet de parler à Évangéline, peut-être bien que la situation allait enfin se régler. Peut-être bien que Laura et Bébert auraient enfin le droit de venir ensemble à la maison, parce que Roméo Blanchet saurait, lui, trouver les mots qui convaincraient sa belle-mère. À part cet homme qu'elle ne connaissait pas, Bernadette ne voyait personne d'autre pour prendre le relais face à Évangéline, tout ayant déjà été essayé sans succès, d'Adrien à Estelle en passant même par Marcel.

— Si vous vous donnez la peine d'entrer pour prendre un café, c'est comme rien que vous allez avoir la chance de la voir, expliqua-t-elle joyeusement, voyant son problème déjà réglé. La belle-mère part jamais ben ben longtemps quand a' s'en va à pied comme t'à l'heure. Avec ses jambes pas fiables, comme a' dit elle-même, a' va jamais ben loin. Au parc, au coin de la rue chez monsieur Albert, à l'épicerie… Je vous le dis ! Le temps d'un café, pis a' devrait être là !

Monsieur Roméo avait retiré sa casquette une seconde fois et la triturait entre ses doigts, visiblement indécis entre une politesse de bon aloi qui fait qu'on ne dérange pas indûment les gens et la gourmandise qui lui était coutumière.

— Je ne voudrais surtout pas déranger.

— Ça me dérange pas une miette ! Au contraire, ça

va me faire de la compagnie. Moé avec, chus rendue au café, pis chus tuseule pour le boire !

Bernadette s'effaça derrière la porte et, copiant son geste sur l'attitude de son vis-à-vis, d'un large geste du bras, elle invita Roméo Blanchet à entrer.

— Installez-vous dans le salon, fit-elle dès que le vieil homme eut finalement mis un pied dans le vestibule. Le temps de faire bouillir de l'eau pis de faire passer le café dans ma belle cafetière en porcelaine, celle que vous avez achetée avec ma belle-mère, justement, pis je vous rejoins avec des p'tis biscuits pis un bon café.

— Et si je vous accompagnais à la cuisine ? proposa monsieur Blanchet, intimidé par un tel déploiement d'attentions. Pas besoin de faire des cérémonies pour moi, vous savez.

Bernadette ne se le fit pas dire deux fois.

— Ben si c'est vous qui le dites… Donnez-moé votre manteau pis votre calotte, que je les accroche. Vous allez être plusse confortable.

Finalement, elle n'aurait pas besoin de sortir la vaisselle fine d'Évangéline. Tant mieux ! Bernadette avait toujours peur d'en casser un morceau !

— Suivez-moé, on va s'installer dans la cuisine. C'est vrai qu'après le dîner, c'est plus ensoleillé pis ben plusse agréable de c'te bord-là de la maison.

Dès qu'ils furent entrés dans la cuisine, Bernadette eut l'impression qu'à partir de maintenant, ce serait elle qui aurait le contrôle de la conversation.

C'était sa cuisine.

C'était là, mieux que partout ailleurs dans la

maison, qu'elle se sentait le plus à l'aise. Elle en connaissait les moindres recoins, pouvait s'y mouvoir au gré de ses envies, y cacher ses émotions, au besoin. Un coup de torchon sur le comptoir tout en tournant le dos à son interlocuteur avait déjà fait des merveilles quand venait le temps de se ressaisir.

Elle entama résolument la conversation à l'instant où elle fit couler de l'eau dans la bouilloire en fer blanc. La vieille bouilloire qu'Évangéline s'entêtait à appeler la *bombe*.

— Comme vous pouvez le voir, cher monsieur, vous me dérangez pas pantoute, lança-t-elle par-dessus son épaule en haussant la voix pour couvrir le bruit de l'eau qui ricochait sur le métal. C'est aussi silencieux qu'une tombe, ici dedans, depuis que mes deux plus vieux sont partis... Vous saviez peut-être que mes deux grands étaient pas là...

Maintenant, la voix de Bernadette avait tout d'une interrogation :

— Petête que ma belle-mère vous en a parlé ?

Bernadette questionnait sur fond de vaisselle entrechoquée sans véritablement attendre de réponse. D'une phrase à l'autre, elle posait les jalons qui mèneraient, elle le souhaitait ardemment, à la demande qui suivrait à l'instant.

— Ça a faite tout un changement, vous saurez ! ajouta-t-elle d'une voix plus forte, pour bien faire comprendre l'importance qu'elle attachait au sujet. Mon gars pis ma fille, partis de la maison quasiment en même temps, par-dessus le marché, c'est tout un choc pour une mère, ça. Tout un choc !

— C'est vrai que ça doit créer un grand vide autour de vous, arriva à glisser monsieur Roméo. J'ai pas eu d'enfants, c'est vrai, malgré tout, je pense que je peux comprendre. Mais dans le fond, c'est pour la bonne cause, vous ne pensez pas, vous ?

— La bonne cause ?

Bernadette glissa un regard interrogatif par-dessus son épaule.

— Bien oui ! Voir ses toiles exposées à l'autre bout des États-Unis, c'est tout un honneur.

— Ah ça !

Bernadette revint à l'assiette de petits biscuits qu'elle préparait avec soin, se rappelant que ceux aux noix étaient les préférés de monsieur Roméo.

— C'est sûr que pour être un honneur, c'est effectivement tout un honneur, comme vous le dites.

L'assiette de biscuits venait d'apparaître sur la table et la cuisine embaumait le café en train de filtrer.

— Comme ça, Évangéline vous avait parlé d'Antoine ?

— Et comment si Évangéline me parle d'Antoine !

Monsieur Roméo tendait déjà la main vers l'assiette de biscuits.

— Elle en parle à un point tel que j'ai l'impression de connaître Antoine personnellement depuis des années ! Vous ne pouvez savoir combien votre belle-mère est fière de lui.

À ces mots, Bernadette redressa les épaules.

— On est toutes pas mal fiers de lui, vous saurez. Ouais, ben fiers de lui ! Mais c'est vrai, avec, que la belle-mère a toujours eu comme un p'tit quèque chose de plus pour lui. Je sais pas le diable pourquoi c'est de même, mais c'est un fait : entre mon Antoine pis sa grand-mère, y a un p'tit quèque chose de particulier. Je peux-tu vous dire que j'aimerais ça que ça soye pareil avec ma Laura ?

Monsieur Blanchet, qui n'avait pu résister à l'envie de prendre un second biscuit, se dépêcha d'avaler sa bouchée afin de répondre.

— Laura ? Votre fille aînée ?

— En plein elle.

— Pourtant, j'ai toujours eu l'impression qu'Évangéline ne faisait aucune différence entre votre fille et votre fils ! Aucune.

Monsieur Roméo défendait Évangéline avec véhémence.

— Elle est très fière d'elle aussi, n'ayez aucune crainte à ce sujet. Quand elle parle de sa petite-fille psychologue, j'entends la même fierté dans sa voix que lorsqu'elle parle de son petit-fils artiste !

— Vous croyez, vous ?

— Non, je ne crois pas, j'en suis certain. Votre fille, Laura, a autant d'importance aux yeux d'Évangéline que votre Antoine et même que votre Charles, tiens, dont elle parle avec beaucoup d'affection même si, comme elle le dit elle-même, il est en pleine adolescence et pas toujours facile à vivre.

— A' dit ça, ma belle-mère ?

— Bien sûr ! Sa famille est au centre de sa vie.

Bernadette, assise maintenant devant monsieur Blanchet, à l'autre bout de la table, le regarda droit dans les yeux durant une seconde, puis elle prit une longue gorgée de café, songeuse.

— Ouais… Ça, je m'en doutais quand même un peu, avoua-t-elle en fixant le fond de sa tasse qu'elle tournait entre ses mains. La famille a toujours été ben importante pour la belle-mère. Mais je pensais pas qu'a' l'en parlait autant que ça, par exemple.

Bernadette exagéra un long soupir.

— Malgré ça, c'est probablement à cause de la famille, justement, qu'on a un verrat de problème sur les bras.

Ce fut au tour de Roméo Blanchet de froncer les sourcils.

Un problème ?

Évangéline ne lui en avait pas parlé.

— Je ne comprends pas…

Alors, ramenant la conversation là où il en avait perdu le fil, monsieur Roméo demanda de la voix naïve de quelqu'un qui n'y connaît rien :

— Ça serait donc un problème d'aimer sa famille et de s'en soucier ?

À ces mots, Bernadette leva vivement la tête, un brin découragée. Comment allait-elle s'y prendre pour faire comprendre la gravité de la situation à monsieur Roméo s'il était capable de poser une question aussi inutile ?

— Pantoute, voyons don ! répliqua-t-elle avec vivacité. Pis c'est pas ça que j'ai dit. Faudrait pas se méprendre sur mes paroles. J'ai juste dit qu'à cause de la famille, on avait un gros problème sur les bras. C'est pas pareil…

Bernadette s'arrêta un bref moment, le temps d'une

gorgée de café. Il lui faudrait peut-être partir de loin, mais il n'était pas dit qu'elle échouerait dans sa tentative. Elle prit alors une profonde inspiration et levant les yeux vers monsieur Roméo, elle ajouta:

— Laissez-moé vous expliquer la situation, pis après, vous me direz ce que vous en pensez… Ouais, j'aimerais ben ça savoir ce que vous en pensez… Ça se peut ben, dans le fond, que ça soye moé qui comprends rien en toute. Vous saurez petête me le dire… Ça remonte à loin, vous savez. À ben loin. C'était dans le temps ousque mon mari était encore un p'tit gars. Ma belle-mère était veuve depuis pas trop longtemps, si je me souviens ben, pis sa sœur Estelle, tannée de vivre en campagne avec ses vieux parents, était venue s'installer icitte en ville avec Évangéline, qui était sa grande sœur. C'est là, je pense ben, que toute a commencé. Le jour ousque la belle Estelle est tombée en amour avec un gars du quartier, un dénommé Gariépy…

Et Bernadette de raconter ce qu'elle savait de la saga opposant les Lacaille et les Gariépy.

— Même si finalement la tante Estelle est restée une Bolduc toute sa vie, ma belle-mère a toujours parlé d'une chicane entre les Lacaille pis les Gariépy. A' dit que toutes les médisances d'Arthémise leur ont apporté ben des désagréments tout au long de leurs vies, à Estelle pis à elle. Ouais, ben des désagréments. Ça a même déteindu sur notre vie à nous autres, du fait que ma fille Laura est devenue amie avec Francine, une des filles Gariépy. On avait beau être rendus à la troisième génération après ce que ma belle-mère a toujours appelé un affront, ça changeait rien à l'opinion qu'elle avait des Gariépy. La pauvre Francine a jamais eu le droit de mettre les pieds icitte, vous saurez ! Remarquez qu'on avait fini par s'en accommoder, pis que ça aurait pu rester de même pour un bon boutte encore. L'attitude d'Évangéline a pas empêché ma Laura de rester amie avec Francine. Aujourd'hui, c'est devenu deux femmes, pis sont encore amies ! Ouais, des bonnes amies. Malheureusement, y a fallu que ma fille aye la drôle d'idée de tomber en amour avec Bébert, le frère à Francine ! Voir que ça pouvait passer, une affaire de même. Je sais pas trop ce que Laura avait dans la tête ce jour-là… Francine, ça allait toujours, pis la belle-mère en faisait pas un drame, mais Bébert…

Tout en parlant, Bernadette secouait la tête, se tordait les mains, soupirait en levant les yeux au plafond.

— Toujours est-il que de toutes les gars qui courent les rues de Montréal, y a fallu que ma fille, une Lacaille, aille s'amouracher de Robert, dit Bébert, un Gariépy, conclut Bernadette sur un ton de catastrophe. Inutile de dire que la belle-mère a rien voulu savoir de ces fréquentations-là. Pas question que Bébert mette les pieds icitte, qu'a' l'a dit, pis pas question non plus qu'a' l'assiste à un mariage entre les deux familles tant qu'Arthémise, la grand-mère du bord Gariépy, aura pas faite des excuses publiques pour toute le tort qu'a' y a faite dans le temps. Pis si vous pensez que la belle-mère a la tête dure, tenez-vous ben, c'est pareil pour ma Laura. A' retient pas des voisins, ma fille ! Ça fait que tant que sa grand-mère changera pas d'avis concernant Bébert, a' veut pus mettre les pieds icitte, pis a' veut pas se marier non plus. « Je retournerai à la maison le jour ousque Bébert sera le bienvenu chez nous. Pas avant. Pis en attendant, pas question que je vire vieille fille pour faire plaisir à ma grand-mère ! J'attendrai pas après un mariage qui se fera probablement pas. » C'est ça qu'a' l'a dit, ma Laura, pis c'est ça qu'a' l'a faite, verrat ! Du jour au lendemain, ma fille est partie vivre avec son Bébert, pis depuis c'te jour-là, ben la belle-mère y en veut encore un peu plusse, pasqu'a' dit qu'astheure, sa p'tite-fille vit dans le péché. On en est là, bâtard ! Deux têtes de mule qui refusent de se parler pis une mère qui est malheureuse comme les pierres de pus voir sa fille autant qu'a' le voudrait. Une mère qui a pas pu préparer une belle noce comme sa fille en rêvait, pis qui a peur du jour ousqu'un p'tit va venir se pointer le nez dans le décor ! J'ai pas envie pantoute d'être une grand-mère juste à l'occasion, vous saurez. Pis comme je connais Évangéline, chus pas sûre pantoute qu'a' va vouloir du p'tit à Laura icitte, dans sa maison, rapport que ça va être un Gariépy, lui avec ! Laissez-moé vous dire que pour être une situation compliquée, c'est une situation compliquée…

Sur ce, Bernadette poussa un long soupir découragé et levant un regard plein d'attente, elle demanda :

— Pis ? Que c'est vous en pensez, vous, de toute cette histoire-là ?

Roméo Blanchet avait écouté le long monologue de Bernadette avec la plus grande attention, les yeux mi-clos et la tête penchée comme un confesseur.

Effectivement, Évangéline n'avait jamais fait mention d'une quelconque dispute entre sa petite-fille Laura et elle-même. Par contre, à la lumière de tout ce que Bernadette venait de lui confier, il pouvait comprendre le silence que son amie entretenait sur le sujet.

— Ce que j'en pense ?

Le vieil homme poussa lui aussi un long et bruyant soupir.

— Je trouve que c'est peut-être un tantinet exagéré, avoua-t-il enfin, d'une voix tendue, toute remplie de prudence et de circonspection. Ce Bébert dont vous parlez ne porte pas le poids des fautes de sa grand-mère ou de qui que ce soit d'autre dans sa famille, d'ailleurs.

— En plein ce que je dis !

Ça faisait longtemps que Bernadette ne s'était pas sentie aussi soulagée. Si monsieur Roméo pensait comme elle, la situation avait peut-être des chances d'évoluer dans le bon sens.

— Bébert, c'est un bon garçon, ajouta-t-elle avec conviction. Pis Marcel, mon mari, ben y' en pense la même chose que moé, vous saurez. Mais essayez pas d'en discuter avec Évangéline, par exemple ! Elle, a' veut rien savoir de lui.

— Oui, je vois... Je vais dire comme vous : c'est assez compliqué, tout ça. Par contre, il faut avouer que s'il y a eu injustice, c'est peut-être normal qu'Évangéline demande réparation.

— Ben d'accord avec vous. Mais pas au détriment de ma fille pis de son bonheur, par exemple.

— En effet, comme vous venez si bien de le dire,

Laura n'a pas à subir le contrecoup de ce malheureux malentendu.

Le mot *malentendu* fit tiquer Bernadette qui se redressa brusquement sur sa chaise.

— Non, non, monsieur Blanchet, faut que ça soye ben clair entre nos deux: c'est pas juste un malentendu.

Il fallait à tout prix que Roméo Blanchet comprenne à quel point la situation était délicate en soi et pressante pour elle.

— Selon la belle-mère, expliqua-t-elle précipitamment, pis j'ai pas de raison valable de mettre sa parole en doute vu qu'en trente ans de vie commune a' m'a jamais menti, du moins pas à ce que je le sache, Arthémise Gariépy a vraiment été une langue de vipère dans tout ça. A' l'a sali le nom des Lacaille pour que son fils puisse faire le beau mariage qui était déjà prévu. Selon la Gariépy, toute était de la faute à Estelle, pasque c'était juste une dévergondée, encouragée par sa sœur Évangéline qui fermait les yeux sur son attitude condamnable. Mais d'un autre côté, a' l'a jamais rien dit de travers à propos de son garçon. Comme si c'était normal pour lui de sauter la clôture avec une autre que sa promise, à quèques mois de son mariage, par-dessus le marché. Ben au contraire, Arthémise s'est servie de c'te mariage-là pour laisser entendre qu'Estelle avait petête l'imagination fertile pis qu'y' avait rien de vrai dans toute ce qu'a' disait. Pour moé, c'est ben plusse qu'un malentendu, une situation comme celle-là. C'est de la médisance pure et simple.

— Vraiment ?

— Comme je vous dis !

— Alors, c'est encore plus compliqué que je le croyais.

Monsieur Blanchet avait sincèrement l'air accablé. À un point tel que Bernadette en perdit toute son éloquence. Elle resta un long moment immobile et silencieuse avant de demander d'une voix éteinte :

— Comment ça, plusse compliqué que ce que vous croyiez ?

— C'est bien simple ! Si tout ce que je viens d'entendre est vrai, d'un côté, il y a Évangéline qui n'a pas tort de vouloir tenir son bout, et de l'autre, il y a deux jeunes qui ne méritent pas de faire les frais d'une situation où ils n'ont rien eu à voir.

— Si c'est ce que vous voyez, c'est qu'on pense la même maudite affaire, verrat ! Que c'est qu'on peut faire, astheure ? J'espérais ben que vous auriez une idée, vous là !

— Pourquoi moi ?

— Pas que vous semblez ben vous entendre avec la belle-mère. Comment dire ça... Vous êtes de la même génération, vous pis elle. Me semble que ça peut pas nuire quand vient le temps de jaser de quèque chose. Non ? Pis si j'ai pensé à vous, c'est pasqu'icitte, on a toutes essayé chacun à notre tour, mais ça a rien donné en toute. Évangéline est aussi entêtée qu'un vieil âne qui veut pas avancer ! Ça fait que un dans l'autre, y' me restait pus rien que vous pour espérer arriver à y faire entendre raison. Me semble qu'a' perdrait pas la face tant que ça si a' revenait sur sa position, non ?

— Pour vous peut-être. Pour elle, je ne le sais pas.

Bernadette en aurait trépigné devant tant d'indécision, de circonvolutions de l'esprit.

— Et si vous vous mettiez avec Noëlla pour y parler, à la belle-mère ? proposa-t-elle pour mettre fin aux tergiversations qu'elle prévoyait encore nombreuses.

Mentalement, Bernadette était en train de promettre une neuvaine à saint Jude et quelques lampions en intérêts si elle arrivait à convaincre monsieur Roméo de faire quelque chose pour eux.

Le nom de Noëlla arracha enfin un sourire à Roméo Blanchet.

— Non, je ne crois pas que la présence de Noëlla soit nécessaire, objecta-t-il gentiment. Au contraire. Si elles sont de bonnes amies, toutes les deux, elles ont aussi la fâcheuse manie de s'obstiner allègrement. Non, non… Laissez-moi y penser. Donnez-moi un peu de temps pour choisir le bon moment et je vais essayer de lui parler, à notre chère Évangéline.

« Notre chère Évangéline… »

Il y avait une telle douceur dans l'intonation de la voix qui venait de promettre de faire quelque chose, tant de tendresse dans le regard qui soutenait le sien que Bernadette comprit alors qu'elle avait probablement pris la bonne décision. S'il y avait quelqu'un sur Terre capable de faire fléchir la vieille dame, c'était bien monsieur Roméo.

« Trois lampions, saint Jude. Trois lampions pis une neuvaine, non, deux neuvaines à genoux, à part de ça ! »

Bernadette s'en remit donc aveuglément à monsieur

Roméo, se disant que dans le pire des cas, tout le monde resterait sur ses positions.

Ce que Bernadette n'avait pas prévu, mais alors là pas du tout, c'était que son intervention envenimerait la situation.

Il y eut bien quelques nuits d'insomnie à tenter d'imaginer à quoi l'avenir ressemblerait si Évangéline changeait son fusil d'épaule.

« On pourrait avoir des verrat de beaux soupers le dimanche soir. Avec Antoine qui est supposé revenir bientôt, ça serait-tu le fun, un peu, d'avoir encore des belles grandes tablées ! On pourrait inviter monsieur Roméo. Pis Adrien avec Michelle. Pis petête qu'on pourrait faire la noce durant le temps des fêtes... Pourquoi pas ? Ça serait ben beau, un mariage sous les flocons ! »

Deux nuits à moins bien dormir, mais cette fois-ci et contrairement à d'habitude, c'était une insomnie joyeuse.

Puis un matin, au réveil, alors qu'elle s'attendait à trouver la cuisine vide comme tous les jours et qu'elle avait les yeux à moitié ouverts, ce fut le dos d'Évangéline, assise devant une tasse de thé, qu'elle aperçut dès le corridor.

Cette présence, inhabituelle de si bon matin, lui fit ralentir le pas et ouvrir les yeux un peu plus grands.

Dehors, il faisait encore nuit. La lueur qui soulignait le faîte des arbres ne suffisait pas à réveiller le jour. Alors, seules les aiguilles lumineuses de l'horloge de la cuisinière auréolaient d'une lumière verdâtre les cheveux en frisottis hirsutes de la vieille dame.

Bernadette sut à l'instant, du plus profond de son instinct de mère, qu'Évangéline était là pour elle, à l'attendre, espérant son réveil avant le reste de la maisonnée, avant le reste de cette famille qui n'était plus qu'une copie clairsemée de ce qu'elle avait déjà été.

La mère en elle devina aussi, sans l'ombre d'un doute et avec un douloureux pincement au cœur, que ses espoirs allaient bientôt fondre comme un glaçon dans un verre d'eau.

Bernadette retint son souffle.

Le dos de sa belle-mère, arrondi comme sous le poids d'un joug intolérable, ses doigts, défaits par l'arthrite et qui tournaient inlassablement la petite tasse de porcelaine, étaient on ne peut plus éloquents : en ce moment, Évangéline n'avait rien d'une femme heureuse.

Pourtant, Bernadette entra dans la cuisine comme elle l'aurait fait n'importe quelle autre journée et se permit même d'émettre le grognement habituel qui servait de salutation.

Seul le bruit de ses pantoufles de laine astiquant pesamment le vieux prélart exprimait une lassitude sans nom. Son cœur battait si fort qu'elle était persuadée qu'Évangéline devait l'entendre.

— Quand t'auras servi ton café, tu viendras t'assire avec moé une menute.

La voix de sa belle-mère, éraillée, râpeuse d'insomnie, fit tressaillir Bernadette.

— Ça sera pas long. Je sais que t'es toujours ben pressée le matin, ajouta la vieille dame, mais faut que je te parle avant que tu partes pour l'épicerie. Pis ce que j'ai à te dire regarde personne d'autre que toé pis moé.

Tant pour en finir au plus tôt que parce qu'elle était effectivement pressée comme tous les matins, Bernadette rétorqua :

— Allez-y, la belle-mère ! C'est pas pasque chus pas assis drette en face de vous que j'ai les oreilles bouchées pour autant. Que c'est vous avez à me dire de si important que ça peut pas attendre qu'on soye ben réveillées, vous pis moé ?

— Parle pour toé, Bernadette. Moé, chus ben réveillée rapport que j'ai pas fermé l'œil de la nuit. Depuis minuit que je carbure au thé. Ça tient réveillé, ça ! Astheure, quand tu seras prête, tu viendras t'assire en face de moé. J'haïs ça voir un dos quand je parle, tu le sais. Pis ça me tente pas non plus d'entendre un torchon en train de frotter un comptoir déjà propre pasque tu te sens pas à ton aise.

Devant cette observation criante de vérité, Bernadette se sentit rougir malgré elle.

Elle hésita un moment, une tasse vide à la main.

Bernadette aurait bien pris un thé, elle aussi, trouvant ce breuvage réconfortant, mais elle n'osait demander si elle pouvait se servir à même la théière posée sur la table. Se contentant de l'eau tiédasse qui restait au fond de la bouilloire, elle sortit le pot de café instantané et se prépara rapidement une mixture un peu forte, tout juste acceptable. Depuis qu'elle avait reçu sa belle cafetière en porcelaine, Bernadette n'appréciait plus vraiment le café instantané.

Sans lever les yeux, elle s'installa à l'autre bout de la table.

— Pis, demanda-t-elle d'une voix étranglée, le regard sondant la noirceur impénétrable du café sans lait qu'elle s'était servi, que c'est vous voulez me dire de si bonne heure à matin ?

Autant, quelques instants auparavant, Bernadette cherchait à se débarrasser au plus vite de ce mauvais moment à passer, autant maintenant, sachant fort bien ce qui s'en venait, elle cherchait à gagner du temps.

— L'heure a rien à voir là-dedans, Bernadette. Rien à voir pantoute.

— C'est quoi, d'abord ?

— Tu dois ben t'en douter, non ?

Un silence embarrassé étendit un inconfort pesant sur la cuisine.

— Je... Je pense que oui.

— Non, Bernadette, prends-moé pas pour une imbécile. Je le sais que tu le sais, viarge ! Je le sais que tu le sais que t'aurais jamais dû parler à Roméo comme tu l'as faite. Pourquoi, Bernadette ? Pourquoi t'as mêlé un ami à qui je tiens beaucoup à nos problèmes de famille ? Hein ? Pourquoi ?

Bernadette hésita encore un instant puis, sachant que la vérité est toujours la meilleure façon de démêler les imbroglios, elle avoua :

— Pasque j'en ai assez de pas avoir ma fille icitte, avec nous autres, comme ça se passait avant.

La réponse de Bernadette avait l'intonation de la sincérité. Cela s'entendait dans chacun des mots, cela se sentait dans le moindre de ses soupirs. Malgré cela, Évangéline haussa les épaules dans un geste exaspéré.

— Pauvre Bernadette ! Encore des exagérations !

C'est juste normal que nos enfants s'en aillent un jour ! Tu garderas pas ta fille sous tes jupons pour toute la vie.

La réponse d'Évangéline était cinglante. Comme une moquerie qui piqua Bernadette au vif.

— À mon tour de répondre que vous savez très bien que c'est pas ça pantoute que je veux dire.

— Ah non ? Pas sûre moé !

— Ben voyons don !

— C'est quoi, d'abord, si c'est pas ça ? Va falloir que tu me le dises pasque moé, je vois pas pantoute où c'est que tu t'en vas !

— Ben voyons don !

Devant ce qu'elle ressentait comme de la mauvaise foi, Bernadette se retrouva brusquement à court de mots.

Mais cela ne dura pas. Il suffit que le souvenir de Laura avec les yeux rougis par la déception s'impose à elle pour que Bernadette se ressaisisse. Elle se redressa sur sa chaise et ce fut un regard ferme et décidé qui chercha celui d'Évangéline pour le soutenir avec la ferveur d'une femme qui avait consacré l'essentiel de sa vie à ses enfants.

Depuis que Laura était au monde, elle s'occupait d'elle au meilleur de ses connaissances, avec amour. Depuis le tout premier souffle de sa fille, Bernadette savait fort bien qu'un jour, elle partirait. Oh oui ! Elle y avait pensé, à ce moment où Laura quitterait la maison, l'espérant et le craignant tout à la fois. Mais curieusement, ce qu'elle avait imaginé ne ressemblait pas du tout à ce qui s'était passé.

Bernadette inspira bruyamment.

Même si elle était un peu trop mère poule, et elle était assez honnête pour le reconnaître, jamais Bernadette n'avait pensé qu'un jour, elle empêcherait ses enfants de mener leur vie à leur guise. Jamais. Pourtant, c'est ce qu'elle venait d'entendre dans les propos d'Évangéline. Peut-être bien, oui, n'aurait-elle pas dû parler à monsieur Roméo comme elle l'avait fait, peut-être que c'était une erreur, mais au moins elle pouvait dire à sa défense qu'elle l'avait fait de bonne foi.

Tandis qu'Évangéline…

Sa belle-mère aussi aurait pu faire preuve d'un peu plus d'ouverture, de compréhension. Sans pardonner aux Gariépy, elle aurait pu ouvrir sa porte à Bébert, juste à lui, par respect pour Laura qu'elle disait aimer. Évangéline aurait pu se donner au moins la peine de rencontrer le jeune homme que sa petite-fille avait choisi comme compagnon de vie, elle aurait pu essayer de le connaître.

Mais de toute évidence, apprendre à être conciliante ne faisait pas partie des projets d'Évangéline Lacaille !

Si Bernadette avait des reproches à se faire, elle n'était pas la seule !

— Vous voulez savoir pourquoi j'ai parlé à monsieur Roméo ? demanda-t-elle enfin. Ben j'vas vous le dire. Vous aimerez petête pas ce que vous allez entendre, mais c'est vous qui l'avez demandé.

— Vas-y, Bernadette. Arrête de tourner autour du pot, viarge ! Pis crains pas pour moé, chus faite forte.

— Ça, je le sais. Mais chus pas sûre que c'est toujours une bonne affaire, par exemple. Savoir se montrer forte, c'est petête correct dans certains cas. Mais dans d'autres, faudrait petête accepter de donner l'impression d'être un peu plusse faible, vous saurez. Pis avec ma Laura, c'est ce que vous auriez dû faire. Les beaux principes, ça peut toujours aller dans les grandes lignes. On peut peut-être défendre certaines convictions envers et contre tout, mais faut savoir quand s'arrêter, par exemple. Quand on est rendus au point où le monde est malheureux à cause de nous autres, ça veut petête dire qu'on est allés trop loin. Pis là, c'est en plein ce que vous êtes en train de faire : vous rendez plein de monde malheureux autour de vous à cause d'une vieille histoire qui date de Mathusalem. Une histoire tellement vieille que pas personne y était quand c'est arrivé ou ben, comme Marcel pis Adrien, y' étaient tellement p'tits qu'y' s'en rappellent pus. Même matante Estelle veut pas s'en rappeler. C'est pour vous dire ! Si y en a une qui aurait le droit d'avoir du ressentiment, c'est ben elle, non ? Dans le fond, je pense qu'y' reste pus rien que vous pis votre ancienne amie Arthémise pour brasser de la marde avec ça… C'est pour ça que j'ai parlé à monsieur Roméo, en me disant que lui, justement pasque c'est votre ami, y' serait petête capable de vous faire entendre raison.

— C'était ben mal pensé, ma pauvre enfant ! Ben mal. C'était pas à lui de faire ça. Cette vieille histoire-là, comme tu dis, ça le regarde pas.

— Ben ça nous regarde pas non plus, moé pis les enfants. Bâtard, la belle-mère ! Laura va-tu passer le reste de sa vie sans revenir chez ses parents ?

Évangéline haussa les épaules dans un geste lent, comme préparé à l'avance, qui dégageait une certaine indifférence. Alors, ce geste, volontaire ou pas, blessa profondément Bernadette, encore plus que les propos échangés.

— Y a juste Laura qui peut décider si a' veut venir ou pas, lança Évangéline. Faudrait quand même se rappeler, dans toute ça, que j'y ai jamais fermé la porte, à notre Laura.

— Ben non ! C'est sûr, ça, que vous laissez la porte ouverte pour Laura, mais vous l'ouvrez pas pour son fiancé, par exemple ! Un fiancé qui, soit dit en passant, serait déjà son mari si vous aviez voulu faire preuve d'un peu de…

— J'ai jamais dit à Laura de pas marier son Bébert, coupa Évangéline avec virulence, jamais… J'ai juste souligné qu'y' fallait pas compter sur moé pour assister à un mariage ousque je risque de rencontrer la grosse Arthémise. C'est toute. Pis là, de toute façon, tu t'éloignes du sujet. C'est pas des noces de ta fille dont on parlait, c'est de la décision que t'as pris de parler de nos affaires avec Roméo. De quoi c'est que j'ai l'air face à lui, astheure ?

— Je comprends pas.

— Viarge, toé, quand tu t'y mets ! Me semble que c'est pas dur à comprendre que je peux pas faire autrement que de me sentir ben mal à l'aise devant un homme que je viens à peine de connaître.

— À peine de connaître ? Bâtard, la belle-mère ! Ça doit ben faire proche un an que vous le fréquentez.

— Je le fréquente pas !

Le ton montait, les sangs s'échauffaient.

— Un an, tu sauras, quand on est rendus à nos âges, comme lui pis moé, c'est comme qui dirait juste hier. Ça fait que j'ai pas envie de discuter avec lui de nos histoires de famille. Il y a encore une petite gêne entre lui pis moé pis c'est normal d'en tenir compte. Mais toé, on dirait que tu l'as oublié en y parlant comme tu l'as faite. À cause de toé, on a juste l'air d'une gang de chicaneux pas capables de s'entendre avec personne.

À ces mots, Bernadette dessina un sourire mauvais.

— Ben je dirais que si c'est l'image qu'y' se fait de notre famille, y' aurait pas tort, votre Roméo.

— C'est pas mon Roméo, viarge ! Sur quel ton y' faut que je te le répète pour que tu comprennes ?

— Ben voyons don ! De toute façon, qu'y' soye à vous ou pas, le Roméo, y' aurait pas tort pareil. Pasque par les temps qui courent, ça ressemble pas mal à ça, notre famille : une gang de chicaneux !

— Ben si c'était aussi important que ça, pour toé, d'avoir la visite de Laura pis de son... de son ami, t'avais juste à m'en parler toé-même. Regarde ben, astheure, si à cause de ça, j'entends pus jamais parler de Roméo Blanchet.

— Moé, je m'en ferais pas trop à c'te propos-là...

Le ton de Bernadette était narquois.

— Pis pour ce qui est de vous parler, figurez-vous don que ça me tentait pas. Pas après avoir vu le sort que vous avez réservé à Marcel, Estelle pis Adrien. C'est pas des farces, vous avez même reviré votre fils Adrien.

On rit pus, bâtard ! Pis moé, selon vos dires, j'aurais réussi à vous faire entendre raison ? Ben voyons don. Chus petête naïve par bouttes, j'en conviens, mais pas à c'te point-là.

— Ben t'aurais quand même dû essayer. C'était juste une question de respect par-devers moé.

— Du respect ? C'est vous qui venez me parler de respect, icitte, à matin ? Ben ça c'est le boutte du boutte ! On aura toute entendu... Vous saurez, la belle-mère, que je vois pas pantoute en quoi je vous ai manqué de respect en parlant avec monsieur Roméo.

— Ben moé, je le vois.

— Tant mieux pour vous... Si c'est de même, moé, j'ai pus rien à vous dire. De toute apparence, vous avez pas changé d'idée pis comme c'était le but de toute l'opération...

— Ben même si j'avais changé mon idée, si jamais Roméo avait réussi là ousque tout le monde a raté son coup, ton attitude à toé, à matin, serait ben suffisante pour me faire virer mon capot de bord encore une fois. Dans la vie, tu sauras, faut apprendre à lire entre les lignes, ma pauvre enfant.

— Verrat que vous êtes mélangeante, vous, des fois ! M'en vas dire comme Marcel : quand vous commencez à parler en paraboles, on comprend pus rien.

— Tant pis pour toé si tu comprends pas.

— Ben c'est ça : tant pis pour moé. Pis si un jour on se tanne, Marcel pis moé, ben ça sera tant pis pour vous.

— Des menaces, astheure ?

— Pantoute. Je fais juste vous mettre en garde.

— Pis Bernadette fait ben de vous prévenir.

Dans le feu de la dispute, ni Bernadette ni Évangéline n'avaient entendu Marcel arriver. Se tenant dans l'embrasure de la porte, les deux mains dans le dos, il posait un regard critique sur la cuisine. Il avait été témoin d'une bonne partie de la discussion et jugeait que ça avait assez duré.

Dans l'ombre du corridor, on devinait la silhouette massive de Charles, debout juste derrière son père.

Un lourd silence suivit de près l'échange de propos belliqueux.

Bernadette leva précipitamment les yeux tandis qu'Évangéline tournait vivement la tête. Cette dernière fut la première à répliquer.

— De quoi c'est que tu te mêles, mon pauvre Marcel ? Me semble que c'est pas à toé que je me suis adressée à matin !

— Petête ben que non, la mère, mais c'est moé que vous avez réveillé, par exemple. Moé pis Charles... Pis je pense que j'en ai assez entendu de même pour dire que chus d'accord avec ma femme.

— Ah ouais ?

— Ouais ! Si vous voulez le fond de ma pensée, je...

D'un petit geste impatient de la main, Évangéline interrompit cavalièrement son fils.

— Quand c'est que je voudrai le fond de ta pensée, Marcel Lacaille, je te le demanderai ben clairement. Pour astheure, c'est une discussion qui se passe entre ta femme pis moé, une discussion qui te regarde pas. Ça fait que retourne don d'où c'est que tu viens pis laisse-nous tranquilles.

— Calvaire !

La patience n'avait jamais été la vertu dominante de Marcel. Ni même l'ombre d'une qualité. Aux petites heures du matin, c'était encore pire. Présentement, la colère suintait de toute sa personne. Se faire remettre à sa place, même par sa mère, restait pour lui une expérience éprouvante.

— Maudit calvaire, répéta-t-il d'une voix agressive, les mots lui manquant cruellement.

Cette réponse succincte fut reçue placidement par Évangéline tandis que le regard de Bernadette allait rapidement de son mari à sa belle-mère : elle ne savait trop si elle devait intervenir.

— Ouais, c'est ça, rétorqua Évangéline en repoussant sa tasse de thé. Sacre tant que tu voudras, mon pauvre garçon, ça changera rien au fait que chus icitte chez moé, dans ma maison. Ça fait que je laisserai ben entrer qui je veux, pis quand je le veux, à part de ça.

— On le sait que c'est votre maison, vous nous l'avez assez répété pour qu'on l'oublie pas. Mais c'est pas une raison pour que notre fille soye obligée de venir icitte tuseule en laissant de côté un bon gars qui…

— Viarge, Marcel ! Je viens de le dire : c'est moé, c'est moé tuseule qui va décider de…

— Va-tu falloir déménager, Marcel pis moé, pour que notre fille vienne faire son tour chez nous avec son amoureux ?

La voix de Bernadette tomba sur la cuisine comme un couperet, interrompant une seconde conversation qui était en train de virer au vinaigre, elle aussi, le tout en moins d'une heure.

Le regard d'Évangéline passa de Marcel à Bernadette avant de revenir à Marcel qui, lui, n'avait d'yeux que pour sa femme.

La clarté qui envahissait peu à peu la pièce laissait entrevoir les perspectives d'une belle journée même si l'atmosphère de la pièce était à l'orage.

Comprenant qu'il n'avait surtout rien à dire, Charles avait déjà fait demi-tour et il avait regagné sa chambre.

Le regard d'Évangéline passa une seconde fois de son fils à sa belle-fille.

C'était probablement la première fois qu'Évangéline se sentait exclue face au couple que formaient Marcel et Bernadette. En ce moment, il y avait entre eux une complicité, un lien qu'elle n'avait jamais perçu auparavant.

Évangéline ne sut si elle devait s'en réjouir ou, au contraire, craindre le pire pour elle.

La vieille dame avala péniblement sa salive tant sa gorge était serrée. Puis elle inspira profondément, se ménageant ainsi un intermède pour préparer une réponse cinglante qui devrait clore une discussion qui n'allait nulle part.

Mais Évangéline n'eut pas le temps d'ouvrir la bouche que le téléphone se mit à sonner, faisant sursauter tout le monde.

Aussitôt, l'inquiétude remplaça la colère dans tous les regards qui se tournèrent à l'unisson vers le mur, là où était accroché l'appareil qui sonnait toujours.

Un appel à cette heure de la journée n'était jamais de bon augure.

Bernadette était la plus proche de l'appareil. Elle se leva donc précipitamment et elle contourna la table, la main tendue devant elle.

— Veux-tu ben me dire… eut-elle à peine le temps de murmurer avant d'ajouter: « Oui, allô ? »

Un silence chargé de curiosité et d'inquiétude s'abattit sur la cuisine.

L'appel fut très bref, fait surtout de silence parce que Bernadette écoutait. À la fin, elle laissa tomber un laconique:

— Ouais, crains pas, on arrive.

Quand elle se tourna enfin vers Marcel et Évangéline, son regard trahissait à la fois une vive inquiétude et une grande perplexité.

— C'était Antoine…

— Antoine ? coupa Évangéline une main sur le cœur. Seigneur Jésus… Que c'est qui peut ben lui arriver pour qu'y' appelle de bonne heure de même… Pis y' est quelle heure au juste, à Los Angeles ?

— Antoine est pus à Los Angeles, la belle-mère. Y' est à Montréal. Y' voulait nous faire une surprise en arrivant sans avertir, mais…

— À Montréal ?

Il y avait une réelle note de soulagement dans la voix d'Évangéline. Elle se tourna aussitôt vers son fils et sans tenir compte du fait qu'elle venait d'interrompre Bernadette une seconde fois, elle enchaîna:

— Comme ça, y a pas de problème, on dirait ben… Hein, Marcel qu'y' a pas de problème ? Tu vas t'habiller en vitesse pis tu vas aller le chercher à l'aéroport. Hein, Marcel, c'est ça que tu vas faire ? Pis nous autres, pendant ce temps-là, on va préparer un bon déjeuner pour tout le monde, pis on…

Mais Marcel n'écoutait plus sa mère. Son regard avait croisé celui de Bernadette et c'est elle qu'il voulait entendre donner des explications. Il y avait encore beaucoup trop d'interrogation dans les yeux de sa femme pour que ce soit un banal retour de voyage.

— Que c'est qui se passe, Bernadette ?

— Je… je sais pas trop. Antoine avait l'air ben énervé à l'autre boutte de la ligne. Y' disait que c'était pas de sa faute, pis que la police voulait nous voir avant qu'on le ramène à la maison.

— Calvaire ! La police ?

— Ben ouais, on dirait ben, pasqu'Antoine vient de me dire qu'y' est à la centrale de police de la ville.

— Ben c'est tant mieux, argumenta Évangéline sans trop peser le poids de ses paroles. Ça va te faire moins loin pour aller le chercher, analysa-t-elle d'un même souffle, essayant de toutes ses forces de faire abstraction de ce que son petit-fils était au poste de police.

N'y parvenant pas, elle se tourna carrément vers Bernadette et lui demanda, anxieuse :

— Y' est-tu dans une prison ?

— Je le sais pas, la belle-mère. Toute ce qu'Antoine m'a dit, c'est qu'y' était au poste de police pis qu'y' fallait aller le chercher là.

— Ben son père va aller le chercher, viarge !

Apercevant son fils qui semblait pétrifié dans l'embrasure de la porte, Évangéline se mit à le houspiller.

— Ben que c'est t'attends, toé ? On dirait une

statue ! Envoye, grouille-toé le derrière ! On dirait que t'as pas entendu ta femme. Pendant que tu vas aller au poste de police, nous autres, on va…

— Y aura pas de nous autres icitte à matin !

— Je te suis pas, moé là !

— Je vous demande pas de me suivre dans ma jonglerie, je vous dis juste que vous allez rester tuseule icitte à nous attendre, Bernadette pis moé.

— T'as pas besoin de Bernadette pour…

— J'ai dit que Bernadette venait avec moé, un point c'est toute.

La voix de Marcel grondait de colère et d'impatience.

— Calvaire ! Que c'est que ça prend pour que vous compreniez, vous là, à matin ? Comme je me connais, si je commence à m'énerver, moé avec, c'est pas un Lacaille qu'y' va falloir aller chercher au poste de police, c'est deux. Ça fait que Bernadette vient avec moé, pis vous, la mère, partez don une neuvaine pour que toute aille ben. Vous êtes bonne là-dedans, non ?

— Mais si jamais…

— Hey ! Avez-vous fini de m'ostiner, à matin ? J'ai dit que c'est de même que je veux que ça se passe, pis c'est de même que ça va se passer. Je veux pus un calvaire de mot là-dessus. C'est-tu assez clair ? C'est petête votre maison icitte, pis remarquez que j'ai jamais mis ça en doute, mais pour astheure, c'est de mon gars qu'on parle. Ça fait que c'est moé qui décide. Envoye, Bernadette, on se grouille pis on va s'habiller. Y' est pas dit que mon fils va moisir au poste de police ben ben longtemps.

Jamais Marcel n'avait parlé à sa mère sur ce ton. Subjuguée, la vieille dame acquiesça.

— Ben si tu penses que c'est mieux...

Marcel ne l'écoutait plus. Il était déjà dans le corridor, suivant Bernadette de près. Il ne s'arrêta qu'un bref moment quand il arriva à la hauteur de la chambre des garçons pour donner quelques petits coups secs contre le battant et clamer d'une voix qui n'espérait aucune réponse:

— J'espère que tu t'es pas recouché, mon Charles, pasqu'à matin, va falloir que t'ailles à l'école à pied. Ta mère pis moé, on a une commission ben importante à faire.

À ces paroles succéda un lourd silence qui tomba sur la maison comme une chape de plomb.

Évangéline attendit que la porte d'entrée se soit refermée avec fracas pour quitter la cuisine et s'engager à son tour dans le corridor. Tout comme Marcel l'avait fait avant elle, la vieille dame frappa un petit coup sec contre le battant quand elle passa devant la porte de la chambre des garçons.

— Grouille-toé, Charles. Si tu veux avoir le temps de déjeuner avant de partir, y' faut que tu te dépêches. Pis ça serait pas une méchante idée que tu penses à te faire un lunch pour rester dîner à l'école. Pour astheure, on est sûrs de rien de ce qui va se passer icitte.

Puis elle poursuivit son chemin jusqu'à la chambre de Bernadette et Marcel qui donnait sur la rue.

Faisant alors abstraction du différend qui l'opposait à sa famille, Évangéline entra d'un pas ferme dans une chambre qu'elle avait l'habitude d'éviter, par respect, justement, comme Bernadette en parlait ce matin, par souci de préserver l'intimité de ceux qui y dormaient.

D'un simple coup d'œil, elle comprit que Marcel, malgré le passage des années, n'avait pas perdu sa vieille habitude.

Bien rangés sur le dossier d'une petite chaise droite, les vêtements de travail de son fils attendaient de prendre du service pour une nouvelle journée d'ouvrage. La chemise blanche, le pantalon foncé, le tablier fraîchement repassé…

Au fond de la poche du pantalon, Évangéline trouva exactement ce qu'elle cherchait.

Revenant sur ses pas, elle se dirigea vers la cuisine, décrocha le combiné du téléphone et signala un numéro.

À l'autre bout de la ligne, on répondit rapidement.

— Ouais, c'est moé… Je m'escuse d'appeler de bonne heure de même, mais je pense que c'est un cas d'urgence. Imagine-toé don que pas plus tard que t'à l'heure, on a reçu un appel d'Antoine qui…

En quelques mots, la vieille dame expliqua la situation.

— Ça fait que je me suis dit qu'on pourrait, toé pis moé, partir avec ta fille Angéline pour aller ouvrir l'épicerie. Que c'est t'en penses ? Mon gars était tellement énervé quand y' est parti, t'à l'heure, qu'y' a même pas pensé à l'épicerie. Mais moé, j'y ai pensé. J'ai trouvé la clé dans la poche des culottes à Marcel. Me semble que ça serait important que le magasin ouvre ses portes à même heure que d'habitude, non ?

C'est ainsi qu'une demi-heure plus tard, Évangéline

fermait sa propre maison à clé et partait, avec sa sœur Estelle, pour ouvrir le commerce familial.

Une curieuse émotion lui fit débattre le cœur quand elle tourna la clé dans la serrure de l'épicerie Lacaille.

Elle qui avait tant espéré y travailler entra la première tandis qu'Angéline aidait sa mère à sortir du véhicule et à s'installer dans son fauteuil roulant.

Évangéline ferma les yeux et huma la bonne senteur de légumes qui embaumait l'air. Dans la clarté diffusée entre les interstices du store tout neuf que Marcel avait fait installer, quelques petits grains de poussière flottaient dans un rayon de soleil.

Puis Estelle entra, poussée par sa fille, et le charme fut rompu.

Le temps d'installer sa mère derrière la caisse enregistreuse, et Angéline repartait.

— Bon, astheure que la porte est débarrée, déclara Évangéline, va falloir que tu me montres ousque sont serrées toutes les affaires.

— Les affaires ? Quelles affaires ?

— Ben…

Évangéline regarda autour d'elle, hésitante.

— J'sais pas trop… Toute ce qu'y' faut pour recevoir les clientes, mettons !

À ces mots, Estelle éclata de rire, de ce rire encore juvénile qu'Évangéline lui enviait. Comment sa sœur pouvait-elle avoir encore un rire aussi spontané, aussi léger après la vie qu'elle avait menée ?

— Il n'y en a pas, d'affaires spéciales, comme tu dis, pour recevoir les clientes. Tu connais peut-être pas le roulement de l'épicerie, ma pauvre Évangéline, mais tu connais les habitudes d'une acheteuse, non ?

— Ouais… C'est sûr. J'ai dû venir icitte au moins des milliers de fois durant ma vie. Ouais, des milliers…

— Alors tu connais aussi bien que moi les habitudes du commerce. En fait, pas besoin d'accueillir nos clientes. On n'a qu'à répondre à leurs questions en cas de besoin. Et pour cela, tu es aussi qualifiée que moi ou Marcel.

— Tu penses ?

— J'en suis certaine… Si quelqu'un demande où sont les patates ?

— Dans le fond à gauche, à côté du comptoir réfrigéré ousqu'on trouve toutes les légumes, récita Évangéline d'une voix monocorde.

— Bon, tu vois… Et si on cherche le miel ?

— Dans la troisième rangée, à côté du beurre de peanuts pis des confitures, poursuivit la vieille dame sur le même ton… Ouais, vu de même, c'est pas ben ben compliqué… Comme ça, je pourrais venir travailler icitte à partir de demain pis je devrais être capable de me débrouiller sans problème ?

— Pourquoi pas ? Quelques heures avec quelqu'un pour apprendre le fonctionnement de la caisse et le tour serait joué !

— Hé ben…

Évangéline se rappelait toutes les objections émises par Bernadette quand elle lui proposait de venir donner un petit coup de main à l'épicerie et la vieille dame sentit la moutarde lui remonter au nez. Elle prit alors une profonde inspiration avant de demander :

— Pis pour le rangement, les commandes, la boucherie…

Encore une fois, Estelle égrena un rire malicieux.

— À notre âge, ma pauvre fille, ces départements-là ne sont plus pour nous. On se contente de la caisse et de notre bonne humeur pour les clientes.

— Ah bon…

Évangéline jugea sans la moindre hésitation qu'il valait mieux pour elle et pour le bien-être de toute la famille, d'ailleurs, de ne pas trop s'attarder à ce qu'elle venait de découvrir, à savoir que Bernadette lui avait bien menti en alléguant qu'elle n'avait pas le temps de former du nouveau personnel. « A' l'avait pas besoin de temps pour accueillir du nouveau personnel, songea Évangéline, à la fois attristée et choquée. Bernadette avait juste besoin d'un peu de bonne volonté. » Puis elle ferma ce dossier sur un long soupir chagriné avant de se tourner vers sa sœur et de demander :

— Ben que c'est que je fais, moé, d'abord, pour asteure ?

— Je ne sais pas trop… Si tu restais près de la porte pour annoncer que pour l'instant, la boucherie est fermée à cause d'une urgence familiale ?

— Ouais, c'est une idée…

Évangéline analysa cette proposition en dodelinant de la tête. Puis elle leva brusquement les yeux vers Estelle.

— Pis ? Que c'est je dis si le monde demande pourquoi la boucherie est fermée ? C'est pas ben ben mon genre de rentrer dans les détails d'une situation familiale qui regarde pas les étrangers ou, encore pire, les commères du quartier.

Estelle approuva aussitôt en hochant vigoureusement la tête.

— Si le monde demande des détails, tu ne dis rien.

— C'est ben mon intention.

— Tant mieux, parce que ce qui se dit ici finit par être tellement malmené d'une conversation à l'autre que ça nous revient tout croche. Plutôt que d'avoir à tout répéter, corriger ou ajuster, je préfère me taire.

— On pense pareil, lança Évangéline, soulagée. C'est ça que je voulais dire quand je parlais des commères. On en sait quelque chose, toé pis moé, hein? De toute façon, j'ai toujours dit qu'il valait mieux laver son linge sale en famille, ajouta-t-elle, un brin agressive en repensant à la pénible discussion du matin.

Puis elle secoua énergiquement la tête pour faire mourir toute velléité de réflexion autre que l'inquiétude ressentie à l'égard d'Antoine. Elle conclut donc sur un ton bon enfant:

— Si on me pose des questions, je dirai juste que Marcel devait aller chercher son fils Antoine qui nous revient des États après avoir exposé ses peintures dans une grande galerie de Los Angeles. Y' est juste un peu en retard, pis y devrait nous arriver dans pas trop longtemps pour ouvrir sa boucherie.

— Excellente idée. C'est la vérité et pour le reste, nous ne savons, ni toi ni moi, ce qui s'est réellement passé. Vaut mieux ne rien en dire, d'autant plus que de nombreuses clientes connaissent Antoine.

— C'est ben vrai... Tu vois, j'avais oublié ça, moé, qu'Antoine faisait les livraisons jusqu'à y a pas si longtemps... Bon, je passe mettre ma veste pis ma sacoche dans le p'tit bureau pis je viens m'installer icitte, au ras de la porte.

C'est au moment où elle revenait du fond du magasin qu'Évangéline entendit une voix qui semblait répondre à celle de sa sœur. Tout heureuse d'avoir une cliente à accueillir, Évangéline accéléra le pas jusqu'à ce qu'elle reconnaisse la voix de Laura.

La jeune femme venait tout juste d'arriver et semblait tout énervée.

Évangéline ralentit le pas et se fit discrète.

Cela faisait plus d'un mois qu'elle n'avait pas vu sa petite-fille, et encore ! La dernière fois qu'elles s'étaient rencontrées, c'était ici, entre les boîtes de petits pois et celles des fèves jaunes. À peine quelques mots de politesse et Laura avait rapidement tourné les talons, prétextant un surplus d'ouvrage dans l'entrepôt situé à l'arrière de l'épicerie.

Depuis, on en avait peut-être beaucoup parlé, mais Évangéline ne savait rien de la nouvelle vie de Laura. À commencer par le fait qu'elle travaillait ici le vendredi. Depuis quand ? Pour Évangéline, c'étaient les mardis et jeudis que Laura venait travailler avec ses parents. Pas le vendredi.

Si elle avait su qu'elle aurait à croiser Laura, auraitelle eu cette idée de venir ouvrir l'épicerie à la place de Marcel ?

La vieille dame refusa d'aller plus avant dans cette

réflexion et elle tendit l'oreille à l'instant où Laura disait qu'elle avait croisé des soldats dans la rue Saint-Denis.

Évangéline fronça les sourcils et son cœur battit légèrement à contrecoup.

L'armée serait dans les rues ? Ce serait donc la guerre, comme le premier ministre l'avait laissé entendre quand le diplomate anglais avait été enlevé au début du mois ?

Évangéline essaya de voir la rue au bout de l'allée, à côté des boîtes de céréales. Il n'y avait rien de bien spécial le long de cette artère achalandée. Rien d'autre que les habituels passants et camions de livraison.

La guerre, ici ?

— Laura doit se tromper, ça se peut pas, murmura-t-elle, angoissée, repensant bien malgré elle à toutes les années de privations, de coupons, de restrictions qu'elle avait connues lors des deux dernières guerres.

Et maintenant, selon ce qu'elle venait d'entendre de la bouche de Laura, ce serait dans leurs rues, peut-être même dans sa ruelle à elle, que l'on se battrait ? Ce serait entre habitants d'un même pays, d'une même province que se vivrait le conflit ?

— Ben voyons don, que c'est ça encore ? murmura-t-elle, le cœur de plus en plus oppressé par une telle perspective.

Après avoir vu des centaines de reportages sur la dernière guerre, Évangéline ne pouvait concevoir qu'elle allait vivre l'équivalent chez elle.

Et Antoine dans tout ça ? Était-ce à cause de la guerre qu'il s'était retrouvé en prison ?

Portant une main à sa poitrine, Évangéline s'obligea à respirer calmement à quelques reprises puis, oubliant les froids et les tensions qui avaient ponctué sa relation avec Laura depuis les derniers mois, Évangéline fit les deux ou trois pas qui la séparaient de la devanture de l'épicerie.

Antoine serait mêlé à tout ça ?

C'était plus fort qu'elle, la question revenait en boucle dans sa tête, et elle jugea que c'était bien suffisant pour oublier tous les ressentiments passés et à venir !

Elle arriva enfin au bout de l'allée.

Laura lui tournait le dos. Elle portait un manteau rouge qu'Évangéline ne lui connaissait pas. De toute évidence plus calme, la jeune femme décrivait maintenant le chemin qu'elle avait parcouru, ce matin, pour venir travailler à l'épicerie.

Évangéline esquissa un sourire. Laura s'exprimait bien, avec des mots savants, un peu comme Estelle le faisait, et sur le coup, Évangéline prit plaisir à se le répéter: elle était fière de sa petite-fille, la psychologue. Elle parlait même régulièrement d'elle avec Roméo quand ils se rencontraient.

Jusqu'à ce que Bernadette s'en mêle.

Évangéline retint un soupir de contrariété.

N'empêche que c'est à cause de cette belle jeune femme-là qu'elle s'était disputée avec Bernadette… et Marcel aussi, finalement.

Évangéline ferma les yeux.

« Ça a pas d'allure », songea-t-elle, le cœur lourd.

Mais comment régler le problème sans perdre la face ? Est-ce que reprendre le dialogue avec Bernadette suffirait? Toutes les deux, elles avaient si souvent parlé ensemble! Alors, Évangéline demanda:

— C'est-tu si pire que ça, Laura?

La jeune femme ne s'attendait pas à être interpellée, et ses épaules se crispèrent lorsqu'elle reconnut la voix de sa grand-mère. De plus, il y avait une pointe de contrition dans cette voix bourrue qu'elle aurait reconnue entre toutes. Depuis le temps que Laura recevait des patients, elle savait reconnaître ces choses-là. Au fil des mois, elle avait appris à écouter et aujourd'hui, elle avait une oreille faite pour les confessions. Pourtant, elle hésita avant de se retourner, ce qu'elle fit lentement au bout de quelques instants.

— Grand-moman? Je m'attendais pas à te voir ici... Non, finalement, c'est pas si pire que ça dans les rues. J'ai vu des soldats, oui, mais j'ai pu marcher de la maison jusqu'ici sans problème. C'est juste... comment dire? C'est juste inquiétant de voir des soldats dans les rues. C'est tout... pour l'instant. Aux nouvelles, ce matin, ils ont annoncé que la Loi sur les mesures de guerre a été proclamée durant la nuit... Ça suspend nos droits civiques ou quelque chose comme ça. Je ne sais pas ce que ça veut dire exactement... Probablement qu'on va tout nous expliquer durant la journée. Mais toi?

Le regard de Laura se promena de sa grand-mère à la tante Estelle.

— Veux-tu bien me dire ce que tu fais ici?

À peine ces quelques mots prononcés et une lueur d'inquiétude traversa son regard tandis qu'elle étirait le cou pour voir à l'arrière du magasin.

— Où sont popa pis moman ?

— Une urgence, commença spontanément Évangéline.

Sur quoi, elle haussa les épaules.

— Non, ça c'est pour les clients ordinaires. Pas pour toi.

D'un rapide coup d'œil, elle consulta Estelle qui l'approuva en opinant de la tête. Alors, Évangéline revint à sa petite-fille.

— Viens en arrière, que je t'explique… C'est rapport à ton frère Antoine.

Évangéline allait faire demi-tour quand elle consulta sa sœur du regard une seconde fois en fronçant les sourcils.

— Y aurait pas une machine pour faire du café icitte ? Viarge que ça me ferait du bien, un bon café chaud.

— C'est justement ce que je disais à popa, la semaine dernière, coupa alors Laura sans laisser la chance à Estelle de répondre. Il toussait tellement fort, dans la chambre réfrigérée, que je l'entendais jusque dans la réserve, en arrière. C'est là que je lui ai dit que ça serait agréable pour tous les employés si on pouvait se faire un café de temps en temps. Lui, le premier. Ça le réchaufferait et peut-être qu'il tousserait moins. Il m'a répondu qu'il en parlerait à moman.

— Ah ouais ? T'as dit ça, toé ? Depuis quand tu bois du café, Laura Lacaille ? Me semble que tu disais que t'aimais pas vraiment ça.

— Je… Ça, c'était avant. Maintenant, j'en bois tous les matins.

— Ah bon… Je vois.

En fait, Évangéline ne voyait pas grand-chose hormis le fait que si la vie continuait comme elle était partie, elle finirait par ne plus rien connaître de sa petite-fille. En fait, elle parlait pour parler, comme elle le disait parfois elle-même. Elle disait n'importe quoi pour meubler un silence qui aurait pu être déplaisant pour tout le monde.

« Pis ça serait ben déplorable, pensa-t-elle aussitôt, ouais, ben déplorable si on avait pus rien à se dire, Laura pis moé. Rapport que nos deux, on s'adonnait ben avant… avant que le Bébert Gariépy se pointe le nez dans le tableau. Viarge, que c'est compliqué, tout ça. Astheure, on va essayer de se parler dans le sens du monde. À propos d'Antoine, ça devrait être possible. »

Sur ce, d'un index autoritaire, Évangéline indiqua le fond du magasin, là où se trouvait le petit bureau occupé habituellement par Bernadette. Et tout en suivant Laura, c'était la voix de monsieur Roméo qu'Évangéline entendait. Cette voix qui lui disait, bien gentiment d'ailleurs, qu'on ne peut tout contrôler dans la vie.

Là-dessus, Évangéline n'avait pu qu'approuver.

— C'est sûr qu'on peut pas toute contrôler, avait-elle acquiescé en haussant les épaules devant tant d'évidence. À commencer par le temps qu'y' va faire demain, viarge !

— Et voilà ! C'est un peu comme pour les attirances, avait alors répondu le vieil homme à la tête de neige, mettant une certaine insistance dans le propos pour essayer de camoufler, bien mal d'ailleurs, l'embarras qu'il ressentait à s'être aventuré sur une pente aussi glissante. Allons donc dire pourquoi, maintenant, notre cœur s'emballe pour une personne plutôt qu'une autre !

À propos de qui monsieur Roméo avait-il fait cette déclaration à peine voilée ? À propos de Laura, ce qui aurait cadré assez bien avec la discussion en cours, ou de lui-même, ce qui aurait justifié sa subite rougeur des pommettes ?

Aussitôt cette pensée formulée, Évangéline s'était sentie rougir à son tour.

« Comme une jeune fille effarouchée, viarge ! »

Ça avait été aussi à cet instant bien précis qu'elle s'était mise à en vouloir férocement à Bernadette.

D'où la pénible discussion de ce matin !

# CHAPITRE 6

*Si le cœur te fait mal, si tu ne sais plus rire*
*Si tu ne sais plus être gai comme autrefois*
*Si le cirque est parti, si tu n'as pas pu le suivre*
*Amène-toi chez nous, je t'ouvrirai les bras…*

*Amène-toi chez nous*
JACQUES MICHEL

**Montréal, mercredi 11 novembre 1970**

Assis dans la cuisine de Bernadette qui préparait ses commandes Avon, Adrien faisait le point avec elle.

— C'est pour ça que je crois qu'on va finalement retourner à Bastrop, apporta-t-il en conclusion à un long monologue. Pour que Michelle puisse reprendre ses études en anglais. Ici, elle trouve trop difficile d'apprendre à écrire le français.

— Tu parles d'une nouvelle plate, ça là.

Bernadette avait l'air consternée. Elle mordilla son crayon, repoussa quelques papiers, puis elle soupira bruyamment en posant ses deux bras repliés sur la table.

— T'es ben sûr de ton affaire ?

— Sûr et certain, Bernadette. C'est pour ma fille que je le fais, crois-moi ! Sinon, je pense que je resterais ici pour le reste de mes jours. Je... Ça ne me tente pas de retrouver Maureen, avoua-t-il crûment. Pas dans l'état où elle est depuis le décès de sa mère.

Il n'osa ajouter qu'en fait, c'était depuis la naissance de Michelle que tout allait de mal en pis avec elle. Pas besoin de le spécifier; il savait que Bernadette l'avait compris depuis fort longtemps. Pourtant, Dieu sait qu'il avait tout tenté pour se bâtir une vie normale, à défaut d'avoir une vie exceptionnelle.

— Juste une vie normale, murmurait-il parfois quand il avait l'impression de tourner en rond. Un père, une mère et leur fille, heureux d'être ensemble. Est-ce trop demander ?

Il y avait de cela de nombreuses années, Chuck l'avait exhorté de donner la chance au coureur.

— Fais ça pour Maureen. *Please !*

Alors, Adrien s'était incliné avec beaucoup d'attente dans le cœur.

— Avec le temps, Maureen va apprendre à connaître sa fille, *Adrian*. Laisse le temps agir. Laisse ta femme découvrir les belles qualités de cœur de Michelle, son intelligence, et l'amour fera le reste. Comme cela se fait normalement entre une mère et sa fille.

Malheureusement, ça n'avait pas donné les résultats escomptés et Maureen avait, aujourd'hui encore, beaucoup de difficulté à voir au-delà du handicap de Michelle. Même délivrée de l'influence malsaine d'Elizabeth, elle n'arrivait toujours pas à passer par-dessus son dédain, cette espèce de recul qui faisait en sorte qu'elle détestait encore autant être vue en public avec sa fille.

Sa fille handicapée qui n'avait qu'un bras...

Maureen avait des idées bien arrêtées et n'en démordait pas. Elle était responsable du handicap de Michelle et le regard curieux des gens le lui rappelait éloquemment.

Avec le remariage de son père qui faisait chuchoter autour d'eux, c'était devenu encore pire. Adrien pouvait le flairer à travers les mots des quelques lettres que Maureen lui avait fait parvenir depuis les derniers mois.

Quand Michelle n'était qu'une toute petite fille, la gamine un peu insouciante qu'elle était ne prenait pas vraiment conscience des réticences de Maureen. Ne pas aller en ville avec sa mère ou sa grand-mère était sans importance puisqu'elle y allait avec son père et son grand-père.

Mais aujourd'hui, Michelle n'avait plus quatre ou cinq ans. Elle ne posait plus exactement le même regard sur les gens et les choses.

— Je ne le sais pas, Bernadette, ce que ça va donner, de retourner au Texas, concéda alors Adrien en soutenant le regard de sa belle-sœur qui l'observait attentivement, assise à l'autre bout de la table, des montagnes de revues et de papiers éparpillés autour d'elle. Tout ce que je sais pour l'instant, c'est que Michelle elle-même souhaite retourner vivre *chez nous,* comme elle le dit.

— Ça me surprend. Avant, elle disait que c'était Montréal, son *chez elle.*

— Je le sais. Moi aussi, ça m'a surpris. Puis, à force de retourner ça dans tous les sens, je pense avoir compris ce qu'elle peut ressentir devant de nouveaux amis qui la regardent sûrement avec curiosité, une nouvelle langue écrite à laquelle elle doit s'adapter... C'est beaucoup pour elle, tu sais. Tous ces nouveaux regards sur elle sont possiblement tout aussi difficiles à apprivoiser que l'écriture du français... Elle n'en dit rien, mais certaines choses se sentent sans qu'on ait besoin d'en parler. Alors ai-je le choix ? J'ai aussi l'impression que l'ennui de son grand-père y est pour beaucoup. C'est probablement pour toutes ces raisons qu'elle a sauté sur le premier prétexte venu pour justifier toutes ses supplications. Elle veut retourner étudier en anglais, un point c'est tout ! Et dire qu'il y a à peine quelques années, Michelle refusait même de parler anglais.

— Tu penses pas que ta fille est en train de se moquer un peu de toé ?

Bernadette avait machinalement repris son crayon et présentement, elle tapotait le formica usé de la table avec l'efface insérée à l'un des bouts.

— Tu penses pas qu'a' s'amuse à te mener par le bout du nez ? ajouta-t-elle en faisant la moue. Tu penses pas qu'a' te demande ça juste pour voir comment c'est que tu vas réagir ? Pas sûre, moé, que c'est une bonne affaire d'y obéir comme tu le fais !

— Voyez-vous qui me fait la leçon !

Piqué au vif, Adrien s'était redressé sur sa chaise. Personne, jamais, ne viendrait mettre en doute ses qualités de père et les décisions qu'il prenait pour sa fille.

Pas plus Bernadette qu'une autre.

— Et toi, comment appelle-t-on l'attitude que tu cultives avec ton grand échalas de fils ?

Bernadette haussa les sourcils en redressant les épaules, elle aussi. Sur le sujet des qualités parentales, elle était aussi chatouilleuse qu'Adrien.

— Quel fils ?

— Comme si tu ne le savais pas ! Charles, voyons ! Tu ne penses pas qu'il te manipule, lui aussi, quand il se plaint de l'école et que tu l'écoutes avec une patience d'ange ? C'est encore pire depuis le jour où tu as accepté de payer pour qu'il fasse partie de l'équipe de hockey du quartier. Le *coach* te l'a dit pourtant : à l'âge où Charles est rendu, il est beaucoup trop tard pour espérer une carrière professionnelle. Tu devrais être plus stricte au sujet de l'école.

À ces mots, la belle assurance de Bernadette sembla s'effriter.

— Je le sais bien, admit-elle sans hésitation. Mais que veux-tu que j'y fasse ? J'ai beau me désâmer à y répéter toute ce que le *coach* me répète régulièrement quand j'vas voir jouer mon gars, c'est comme prêcher dans le désert. Charles veut rien entendre. À croire que son *coach* actuel connaît rien dans le hockey pis que lui, Charles Lacaille, y' va y montrer comment ça marche sur une patinoire ! Mettons qu'en plusse, Marcel m'aide pas ben ben dans ce dossier-là, bâtard ! Y' passe son temps à dire que pour Charles, ça sera pas pareil que pour les autres. Y' passe son temps à nous rappeler que quand Charles s'est présenté à l'école de Verdun, en août dernier, tout le monde s'entendait pour dire que le talent lui sortait par les oreilles.

— Oui, je m'en souviens et je trouvais ça un petit peu exagéré.

— Ouais, comme tu dis… Moé, là, ça m'énervait tellement de les entendre parler comme ça qu'un bon jour, quand chus allée chercher Charles à la patinoire pis que le *coach* de là-bas me répétait encore la même affaire, j'ai perdu patience pis j'ai répondu que le talent serait peut-être ben mieux de s'installer en dessous de ses patins plutôt que d'y sortir par les oreilles. Laisse-moé te dire que je me suis pas aidée face à mon fils, c'te jour-là ! C'est pas mêlant, je pense que Charles m'en veut encore pour ça, maudit verrat ! Je le vois dans ses yeux quand y' me regarde. Sur le coup, y' a rien dit, c'est ben certain, je l'ai quand même élevé pas pire, mais j'ai ben vu dans sa manière de me fixer avec les yeux grands ouverts pis les sourcils remontés jusque dans le toupet qu'y' me trouvait pas mal niaiseuse de parler de même… Toute c'te détour-là pour dire qu'on est toutes pareils face à nos enfants : on veut juste le meilleur pour eux autres même si des fois, on agit tout croche pour les rendre heureux. Fait que je comprends toute ce que t'essayes de dire icitte en ce moment, même si des fois, je fais toute le contraire de ce que chus en train de prêcher… Chus pas mieux que les autres. Pis toé, quand c'est que tu penses partir ?

— Le plus vite possible. Samedi, probablement. Si Michelle peut intégrer une classe avant Noël, on pourra prendre les vacances pour rattraper le temps perdu.

— Pas fou comme idée.

Un lourd silence succéda à ces quelques mots.

Bernadette fourragea dans ses papiers tandis qu'Adrien grattait une petite tache sur la table. Puis, brusquement, il eut cette requête surprenante, dite sur le ton de la confidence, sans lever les yeux.

— Bernadette, je te demanderais de bien voir à Marcel.

Il y a quelques années, Bernadette n'aurait pas compris où Adrien voulait en venir. Lui, se soucier de son frère ? « Allons don », aurait-elle répondu. Aujourd'hui, elle saisissait ce qui se cachait derrière les mots. L'inquiétude d'Adrien rejoignait la sienne et elle savait très bien ce qu'il voulait dire. Les faits parlaient d'eux-mêmes.

— Crains pas, je le surveille de proche, répondit-elle avec une intonation de défi dans la voix. Sa toux, tu sauras, a' m'énerve autant que toé, pis chus à veille de l'emmener de force chez le docteur.

— Tant mieux. Je le sais qu'on n'a peut-être pas toujours donné l'image de l'entente parfaite, lui et moi, mais rien n'empêche que c'est mon frère. Le seul que j'ai.

Durant un long moment, Bernadette soutint le regard de son beau-frère et elle eut l'impression qu'une longue partie de leurs vies respectives était en train de dérouler ses souvenirs entre eux. Les choix qu'Adrien avait faits face à Maureen. Ceux qu'elle avait assumés devant Marcel. Alors, d'une voix très douce, elle répliqua :

— Pis moé, Adrien, faudrait pas oublier que Marcel, c'est mon mari. Pis moé avec, c'est le seul que j'ai.

Le message était clair et tandis qu'elle parlait à son beau-frère d'une voix sourde, il y avait une intense gravité dans le regard de Bernadette.

— Me semble que ça dit toute, non ? murmura-t-elle aussi. Oh ! Ça a pas toujours été parfait entre nos deux, pis tu le sais. Y a même eu des bouttes pas mal roffes, pis ça aussi, tu le sais. C'est même toé qui m'a ramassée quand j'avais l'impression d'être à terre. Mais d'une affaire à une autre, on a fini par s'entendre, Marcel pis moé. À notre manière. Je pourrai jamais renier toute ce qu'y' a faite pour sa famille, jamais. Pasque malgré ses airs bêtes, Marcel a toujours faite passer sa famille en premier. Pour moé, ça a pas de prix, tu sauras. Faut dire avec que depuis un boutte ça va mieux entre nos deux. C'est pas le grand amour, ça le sera jamais, mais c'est pus l'enfer non plus. C'est l'épicerie qui a faite ça, je crois ben. Tu vois, ça m'arrive de penser que c'te commerce-là, c'est un peu comme notre dernier enfant, à Marcel pis moé. Pis contrairement aux trois autres, pour celui-là, on arrive toujours à s'entendre. Fait que inquiète-toé pas pour ton frère, on va y voir, ta mère pis moé.

Tout en parlant, Bernadette s'était relevée pour s'approcher d'Adrien. Arrivée à sa hauteur, elle posa la main sur son épaule et se mit à la serrer très fort du bout des doigts. Malgré la mise au point qu'elle venait de faire, Bernadette savait qu'entre Adrien et elle, il y aurait toujours un lien unique et particulier auquel elle tenait beaucoup.

— Malgré toute ce que je viens de dire, Adrien, je veux que tu saches que j'vas m'ennuyer de toé. Ben gros. Ça va petête mieux avec Marcel, mais pour ce qui est de la jasette, c'est pas le diable mieux qu'avant. Y' parle pas ben ben, ton frère. Y' dit qu'y' trouve pas les mots pour expliquer ce qu'y' pense... Ça fait que moé, j'vas m'ennuyer de nos discussions sur le boutte de la table, comme on fait astheure. Y a juste avec toé, tu sauras, que je peux vraiment parler quand y a un trop-plein d'émotions. Pis ça vaut autant pour les tristesses que pour les p'tits plaisirs... Fait que quand tu seras dans ton Texas pis que ça ira pas aussi ben que tu le voudrais, pense à moé en te disant que de mon bord, moé avec, y' m'arrive de penser à toé ben fort... Astheure, j'vas nous faire un bon café pis après, j'vas te demander de t'en aller. J'ai ben des commandes Avon à préparer. Ça a l'air de rien comme ça, mais pour mes clientes, le milieu de novembre, c'est déjà quasiment le temps des fêtes pis, crois-moé pas si tu veux, la plupart de ces clientes-là ont déjà commencé à acheter leurs cadeaux. Ça se peut-tu ?

* * *

— Deux minutes, toi là. J'ai rien compris de ce que tu essaies de me dire.

Laura était en train de lire lorsque le téléphone avait sonné. Elle avait tendu une main indolente vers l'appareil sans quitter des yeux le dossier qu'elle avait déposé sur ses genoux. Les jeudis étaient souvent consacrés à l'étude de ses dossiers. Alors, maintenant, dans l'appartement, il y avait deux téléphones : un dans la cuisine, accroché au mur, et un second dans le salon sur la petite table basse placée entre le divan et le fauteuil. C'était là une décision de Bébert pour que sa femme, comme il appelait Laura malgré le fait qu'ils ne soient toujours pas mariés, n'ait pas à se précipiter pour répondre quand elle s'installait au salon pour travailler.

Laura referma le dossier sur son index pour reprendre le travail dès qu'elle en aurait fini avec cet appel et elle demanda :

— Peux-tu répéter, s'il te plaît !

À l'autre bout de la ligne, Francine s'étranglait dans ses sanglots.

— Je dis juste que c'est la plus grosse peine de ma vie. Je dis juste que je sais pus ce que j'vas pouvoir faire pour pas m'ennuyer. Je dis juste que ma vie aura pus jamais le même sens.

— Mon Dieu ! Steve ! Pour que tu me parles comme ça, y' est arrivé quelque chose à Steve !

— Ben non ! Bonté divine, Laura, on dirait que tu m'as pas écoutée. C'est pas pantoute c'que je t'ai dit !

Laura entendit Francine renifler bruyamment. C'était bon signe : elle reprenait sur elle-même.

— C'est ça que j'essayais de te dire au début. C'est pas Steve qui a eu quelque chose, c'est monsieur Napoléon... Y' est mort, Laura. Ça se peut-tu ? Hier soir, j'écoutais la télévision avec lui pis on riait ensemble des blagues de Symphorien. Tu sais, la nouvelle émission de Télé-Métropole ? Ben monsieur Napoléon, y' aimait ça ben gros c'te programme-là. Fait que hier, on l'a écouté. Pis à matin y' est mort... J'arrive pas à y croire... Y' est mort, Laura ! T'à l'heure quand chus passée par sa chambre pour y demander si y' était prêt pour déjeuner, je l'ai trouvé dans son litte pis…

Une nouvelle crise de larmes et de hoquets interrompit les explications de Francine, mais elle n'aurait pas à continuer. Laura voyait le tableau sans la moindre difficulté : dit crûment, sans la moindre fioriture, Francine avait trouvé monsieur Napoléon mort dans son lit.

Une belle mort, finalement.

Laura esquissa un sourire nostalgique. Depuis le temps que monsieur Napoléon disait qu'il avait hâte de retrouver sa Gisèle, ses vœux et ses prières avaient enfin été exaucés.

Puis elle pensa à Cécile et son cœur se serra. Si Francine était bouleversée à ce point-là, qu'en serait-il de Cécile qui aimait son oncle Napoléon comme un père ? Laura n'inventait rien en s'exprimant comme cela; c'est Cécile elle-même qui le lui avait dit, et ce, à de nombreuses reprises.

— Que c'est j'vas faire, moé, astheure ? poursuivait Francine d'une voix mouillée à l'autre bout de la ligne. Tu le sais-tu, toé, Laura, ce que j'vas devenir maintenant que monsieur Napoléon est pus là ? J'ai perdu un ami, tu sauras, un homme que j'aimais ben gros pis qui était gentil avec moé. Mais j'ai perdu une job, aussi, pis une maison en même temps… Je… C'est comme si je venais de passer au feu, sainte bénite !

— Faudrait quand même pas exagérer !

— J'exagère rien pantoute. C'est vrai que j'ai pas grand-chose devant moé. Tu me diras que j'ai jamais vraiment eu d'avenir devant moé pis t'aurais pas tort. Mais au moins icitte, je me sentais en sécurité. Astheure que monsieur Napoléon est pus là... J'arrive pas à y croire. Monsieur Napoléon est mort...

— Et Cécile, elle ?

À nouveau, un long reniflement résonna dans le combiné du téléphone.

— Cécile ? Est pas le diable mieux que moé, tu sauras. Je l'ai jamais vu pleurer comme a' pleurait à matin quand est arrivée icitte. Même quand la tante Gisèle est morte, je pense qu'a' l'a pas eu autant de peine qu'astheure. Une chance que son mari était avec elle, pasque je sais pas trop comment j'aurais pu la consoler, la pauvre Cécile. Je pleurais autant qu'elle. Pis mon Steve, lui ! Pauvre enfant... Lui avec, tu sauras, y' a ben gros de la peine. Monsieur Napoléon, c'était comme un père pour lui. Ouais, vraiment... Que c'est qu'y' va faire, mon p'tit, astheure qu'y' a pus de père pis pus de maison ?

— Ton fils et toi, vous ne serez pas à la rue, ce soir, s'impatienta Laura. Pis tu connais Cécile, non ? Avec elle près de toi, tu ne risques pas grand-chose de terrible. Elle va sûrement t'aider.

— Ouais... T'as raison.

— C'est sûr que j'ai raison...

— Mais ça n'empêche pas que...

Laura écouta la nouvelle litanie de jérémiades de Francine du bout de l'oreille tandis que du coin de l'œil, elle jaugeait la pile de dossiers déposés sur la table à café devant elle. Elle s'était promis de passer à travers toute cette paperasse aujourd'hui.

Puis, fermant les yeux, Laura secoua la tête devant la futilité d'une telle réflexion. Elle n'aurait qu'à emmener les dossiers avec elle et les étudier le matin très tôt ou le soir très tard.

Ou encore dans l'autobus...

— J'arrive, lança-t-elle alors d'une voix assez forte pour interrompre le flot continu du verbiage de Francine.

Il y eut un bref silence.

— Que c'est tu viens de dire ?

— Je viens de dire que j'arrivais. Le temps de prévenir Bébert, d'appeler ma mère pour l'avertir que je ne travaillerai pas à l'épicerie demain, de me faire une petite valise et j'arrive... en autobus. Bébert viendra me rejoindre plus tard.

— Tu ferais ça pour moé ?

— J'espère juste que tu n'en doutes pas, Francine Gariépy ! Voyons don ! T'es mon amie, non ? C'est sûr que je peux faire ça pour toi. Pour Steve aussi et pour Cécile... Dès que je sais à quelle heure je vais arriver à Québec, j'appelle. Peux-tu prévenir Cécile pour moi ? Dis-lui que j'irais dormir chez elle ce soir. Si ça ne dérange pas, bien entendu.

Et bien entendu, ça ne dérangeait pas !

Quand Laura arriva à Québec, vers le milieu de l'après-midi, elle prit un taxi pour se rendre directement chez l'oncle Napoléon. Francine avait dit qu'elle l'y attendrait.

La journée était grise et venteuse, à l'image des émotions qui secouaient un peu tout le monde.

Dès qu'elle entra dans le vestibule, Laura entendit

un brouhaha de voix qui s'apostrophaient. Il y eut même un rire. Des cousins de la Beauce étaient déjà arrivés, le salon était rempli de gens que Laura ne connaissait pas. Elle fut aussitôt mal à l'aise tandis qu'au contraire, Francine allait de l'un à l'autre avec l'aisance d'une maîtresse de maison qui reçoit dans son salon.

L'image était tellement surprenante aux yeux de Laura pour qui Francine avait toujours été une femme assez gênée, peu sûre d'elle, qu'elle resta interdite dans le corridor.

Dès qu'elle aperçut son amie, Francine délaissa les gens à qui elle parlait et elle vint à sa rencontre.

Seules ses paupières rougies disaient la grande tristesse qu'elle ressentait malgré les apparences. Elle se précipita dans les bras de Laura.

— Enfin, te v'là !

D'un rapide coup d'œil, elle survola tous les gens rassemblés dans la pièce.

— Ça achève, murmura-t-elle. Le salon funéraire ouvre ses portes à cinq heures. Toute c'te beau monde-là va se retrouver là-bas pis moé, j'vas pouvoir m'occuper de toé.

— Tu n'y vas pas ?

— Où ça ?

— Ben au salon…

— Pas ce soir. J'vas laisser les gens de la famille entre eux autres. Demain pis samedi, ça va être en masse pour moé… Pis y a mon p'tit qui va revenir de l'école dans pas longtemps. Je peux pas le laisser tuseul.

— Et Cécile ?

Francine haussa les épaules en jetant un regard sur le salon.

— Finalement, à part à matin quand je l'ai appelée en catastrophe, expliqua-t-elle, j'ai pas vu Cécile de la journée. A' l'a dû être débordée, elle, aujourd'hui ! Dès que Fernand pis Raoul sont arrivés, est partie avec eux autres pour s'occuper de toutes les préparatifs. Ah oui ! A' fait dire que tu vas pouvoir rester chez elle tant que tu veux. C'est toé qui a la priorité pour la chambre d'ami. Toé pis Bébert, comme de raison. C'est de même qu'a' l'a dit ça, Cécile. Pis a' l'a dit aussi qu'aussitôt qu'a' va pouvoir, a' va venir te chercher icitte. En attendant, viens mettre ta valise dans la cuisine.

Cécile, d'un commun accord avec ses cousins, décida de ne pas se présenter au salon en ce jeudi soir. Les deux journées à venir suffiraient amplement.

C'est ainsi que Laura et elle se retrouvèrent en tête-à-tête, un chocolat chaud à la main, devant l'âtre où crépitait une bonne flambée gentiment préparée par Charles, le mari de Cécile.

— Et voilà !

Assis sur les talons devant l'âtre, Charles examinait avec contentement la flambée qui prenait son essor.

— Je vous laisse entre femmes, annonça-t-il alors qu'il se relevait tout en frottant ses mains l'une contre l'autre.

Puis il se tourna vers sa femme.

— Si ça ne dérange pas, Cécile, je ferais un saut à l'hôpital. Il y a certaines choses que je voulais vérifier ce matin et avec la journée que l'on vient de vivre, je n'ai pas eu le temps.

L'instant d'après, le moteur de l'auto ronronnait.

— Ouf! Quelle journée! laissa tomber Cécile en s'étirant les jambes avant de croiser confortablement les chevilles sur un petit tabouret. Ça a été si subit, tout ça. La semaine dernière, mononcle se vantait encore d'avoir une excellente santé et il s'amusait à nous prédire une autre année en sa compagnie. « C'est triste à dire, mais ma Gisèle va devoir m'attendre encore pour un p'tit boutte ! » C'est comme ça qu'il nous a parlé du dernier bilan de santé qu'il venait de faire et dont il avait eu les résultats... Et laisse-moi te dire qu'il n'avait pas l'air malheureux d'être encore sur terre pour un petit moment. Qui aurait pu prédire que quelques jours plus tard il ne serait plus avec nous ? Je sais que cela fait cliché de le dire, mais c'est fou comme on tient à peu de choses.

Laura approuva d'un lent hochement de la tête.

— C'est vrai... Chez nous, par contre, on est chanceux. Personne de mort, personne de malade à part les rhumatismes de ma grand-mère... et la toux de mon père... Mais ça ne doit pas être si grave que ça puisqu'il continue de travailler et de faire ce qu'il a toujours fait sans problèmes...

Laura continuait de hocher la tête alors qu'elle énumérait les petits problèmes de santé qui touchaient sa famille.

— Non, vraiment, de ce côté-là, on est chanceux.

Puis elle fronça les sourcils en soupirant.

— Chez nous, c'est pas la maladie qui va nous avoir, maudite marde, c'est les chicanes, ajouta-t-elle finalement sur un ton plus aigre.

Sur ce, Laura laissa échapper un petit rire jaune, interrompu par Cécile qui demanda :

— Ça ne va pas mieux à propos de Bébert ?

— Mieux ? Non. Je dirais que c'est peut-être encore pire… même si des fois, comme la semaine dernière, on dirait que…

Laura balaya du revers de la main une explication qui ne viendrait pas. La courte discussion qu'elle avait eue avec sa grand-mère, dans le petit bureau de l'épicerie, n'avait été finalement qu'un aparté dans leur vie familiale. Dans l'heure qui avait suivi l'arrivée de Bernadette et Marcel, Évangéline avait retrouvé sa mauvaise humeur avec une aisance qui frôlait la mauvaise foi.

— Maintenant, c'est ma mère et ma grand-mère qui ne se parlent pour ainsi dire plus, soupira Laura à ce souvenir. Ça se peut-tu ? Quand Antoine est venu nous voir, Bébert et moi, il nous en a longuement parlé… Il nous a dit que l'atmosphère de la maison n'est plus très agréable. Charles est de mauvaise humeur en permanence, quand il est là ! Mon père tempête qu'il ira voir un médecin quand il sera vraiment malade, pas pour une petite toux de rien du tout qui dérange personne. Ma grand-mère malmène tout ce qui bouge et ma mère s'enferme dans sa chambre avec ses calculs d'épicerie et de produits Avon en clamant à qui veut l'entendre que pour elle, novembre et décembre sont les pires mois de l'année. Avec mononcle Adrien qui vient de partir pour retourner au Texas, le tableau est complet ! Là, c'est vrai que ma chère grand-mère ne sera plus du monde !

— Pauvre vieille dame !

Laura réagit aussitôt à ces quelques mots en se redressant sur son fauteuil et en lançant un regard mauvais à Cécile.

— Comment ça, pauvre vieille dame ? S'il y en a une qui n'est pas à plaindre, c'est bien ma grand-mère. Tout est de sa faute. Je t'en ai parlé, non ?

— Tu m'en as parlé, effectivement. Et je t'ai répondu que tu avais pris la bonne décision en quittant la maison pour rejoindre Bébert. Vous n'avez plus dix-huit ans et vous avez le droit de vivre votre vie.

— Bon ! Alors ? Pourquoi plaindre ma grand-mère si tu dis que Bébert et moi on a raison ?

— Parce que, comme je connais Évangéline, malgré toutes les apparences qui sont contre elle, je suis persuadée qu'elle est profondément malheureuse.

— Malheureuse ? Voyons don ! Malheureuse de quoi ? De voir que je suis avec un Gariépy ? Pour ça, je te donnerais raison, mais pour le reste…

Laura retomba contre le dossier de son fauteuil.

— Pour le reste, ma grand-mère n'a aucune raison d'être malheureuse.

— Il ne faudrait pas oublier que c'est probablement le bilan de toute une vie que ta grand-mère est en train de faire. Ce n'est pas rien.

— Ouais, si on veut… ce qui n'empêche pas que si elle est triste, c'est bien de sa faute. Elle n'a qu'à ouvrir sa porte à Bébert et tout devrait rentrer dans l'ordre pour tout le monde. Alors, je le répète : si ma grand-mère erre comme une âme en peine, c'est juste à cause de mauvaise volonté qui…

— Oh non, Laura, ce n'est surtout pas de la mauvaise volonté de sa part. Ce n'est pas de sa faute, comme tu viens de le mentionner. Il y a certains événements, comme ça, qui nous ramènent dans le passé bien malgré nous.

Cécile parlait d'une voix tendue et grave, le regard enfoui dans les braises du foyer.

— Il y a de ces événements qui nous ramènent à une époque de notre vie que l'on voudrait peut-être oublier, mais qui se plaquent sur nous comme une seconde peau.

Laura retenait son souffle. Au-delà des mots, il y avait le ton employé qui laissait supposer que Cécile ne parlait pas uniquement pour Évangéline. Laura entendait ce qu'elle disait, cependant, elle percevait aussi ce qui se cachait derrière. Elle entendait les mots empreints d'une certaine banalité mais prononcés avec une telle souffrance qu'elle prêta l'oreille avec attention, comme on lui avait enseigné à le faire. Néanmoins, il y avait dans cette écoute une infinie tendresse, de celles qui dépassent largement le cadre des activités professionnelles.

Pour Laura, Cécile avait toujours été un peu comme une seconde mère.

— Crois-moi, Laura, si Évangéline se met toute sa famille à dos comme présentement, ce n'est pas de gaieté de cœur. J'en suis convaincue. Les émotions ont pris le dessus sur son habituel bon sens et elle ne les contrôle plus. Un peu comme dans un état de panique. Donne-lui du temps, Laura.

— Du temps, du temps… Il me semble qu'elle a eu

suffisamment de temps pour se faire à l'idée, non ? ronchonna Laura bien malgré elle.

— Quelques mois, ce n'est peut-être pas beaucoup en termes de temps pour faire la paix avec soi-même. Tu le dis toi-même, que cette rancune dure depuis plus de quarante ans.

— Je le sais…

Laura poussa un long soupir.

— Je sais aussi que bien souvent, plus le temps passe et plus les dimensions du problème augmentent.

— Et voilà…

— Dans le fond, je ne suis pas plus fine. Moi aussi, je suis en train de créer une rancune qui risque de perdurer.

— Si le temps a causé plus de dommages qu'il n'en a guéri, il faut savoir être patient, ma pauvre Laura. Laisse les émotions décanter tout doucement et tu vas voir que l'essentiel va finir par prendre le dessus.

— Si tu peux dire vrai.

— Je dis vrai.

Un fin silence se glissa entre les deux femmes. Un silence que le crépitement des flammes rendait confortable.

— D'accord, murmura enfin Laura. Je vais essayer de faire ce que grand-moman devrait faire.

— Et c'est ?

— Ne pas garder rancune. J'avoue que c'est difficile de lui parler depuis quelque temps parce que je trouve la situation particulièrement injuste. On n'y est pour rien, Bébert et moi, dans cette chicane entre les deux familles. Mais ce n'est pas en agissant comme ma grand-mère, en boudant et en me montrant entêtée, que je vais améliorer les choses. Tu as raison, et c'est exactement ce que je dirais à mes patients. Mais entre le dire et le faire, il y a parfois un tel écart… En tout cas, ce n'est sûrement pas en la boudant et en lui tenant tête que je vais amener ma grand-mère à changer son point de vue.

Sur ce, Laura éclata de rire.

— M'entends-tu parler ! On dirait que c'est toi la psychologue et moi la patiente.

— C'est correct. Après tout, je suis médecin. Un médecin aussi, ça doit parfois et même souvent écouter. On a tous besoin d'une oreille pour nous écouter, tu sais. Tous, chacun à notre tour, on a quelque chose à dire, à confier.

Après ces derniers mots prononcés avec un trémolo dans la voix, Cécile se tut brusquement.

Mais cette fois-ci, le silence était lourd.

Laura n'osa relancer la discussion. S'il fallait être capable de parler et d'inciter les gens à le faire, il fallait aussi apprendre à apprécier les silences, à en pressentir le sens et y trouver, justement, l'ébauche de certaines confidences qui seraient peut-être confirmées plus tard.

Et c'est ce que Laura avait envie de faire: laisser Cécile préparer la paix avec ses émotions et revivre ses souvenirs au rythme qui lui convenait. Quand elle serait prête, si jamais elle en avait besoin, il serait toujours temps de parler. Laura ne savait pas pourquoi Cécile semblait brusquement si bouleversée. Elle pressentait, tout simplement, que la mort de monsieur

Napoléon n'était que l'excuse, le prétexte à remettre certaines choses en perspective.

Mais quand Laura entendit un discret reniflement, quand, du coin de l'œil, elle aperçut la tasse de chocolat chaud qui tremblait entre les doigts de Cécile, elle ne put résister. Elle ressentait trop d'affection pour cette femme-là pour tolérer son chagrin sans intervenir.

La mort de l'oncle Napoléon reprit alors toute la place entre elles, quel que soit le sens que Cécile donnait à ce triste événement.

— C'est difficile, perdre ceux qu'on aime, n'est-ce pas ?

Malgré le ton employé, ce n'était pas une question. C'était une affirmation, un fait admis depuis longtemps. La perte des êtres chers est toujours difficile à accepter. En même temps, ces quelques mots pouvaient ouvrir le dialogue encore plus facilement, peut-être, qu'une question l'aurait fait.

— Oui, c'est difficile, murmura Cécile sur un ton songeur au bout de quelques minutes de réflexion. C'est toujours pénible de perdre ceux qu'on aime… J'en sais quelque chose, crois-moi.

Laura tendit la perche du bout des mots.

— Tu en sais quelque chose ?

— Oh oui…

De toute évidence, à cause de son regard toujours fixé sur les flammes, à cause de cette voix hésitante, Laura comprit que Cécile portait en elle une grande souffrance, un lourd secret, peut-être, ce que cette dernière confirma en quelques mots à peine dans l'instant qui suivit.

— La mort n'est pas l'unique source de deuil, tu sais. L'absence en est une. L'éloignement, le silence aussi. Et quand on perd quelqu'un qui partageait ce silence, qui connaissait la raison de cette absence ou de cet éloignement, le deuil devient encore plus lourd à porter, plus difficile à accepter.

Les larmes qui s'étaient mises à couler sur les joues de Cécile luisaient dans le reflet ondoyant des flammes qui soulignaient la pénombre de la pièce.

— Pour moi, l'oncle Napoléon était ce témoin, poursuivit Cécile.

Puis, après un long soupir tremblant, elle ajouta dans un murmure :

— Il en reste de moins en moins, de ces gens qui ont su partager ma vie…

À nouveau, Cécile ménagea une pause dans ce monologue qui tombait goutte à goutte entre les deux femmes, comme une suée des souvenirs soigneusement entretenus, douloureusement gardés et que Cécile n'était peut-être pas encore prête à partager sans retenue.

Laura respecterait ce choix.

Ici, elle n'était pas le thérapeute que l'on vient consulter. Malgré la différence d'âge entre elles, Laura était l'amie. Elle était celle qui deviendrait peut-être la confidente.

Quand elle voulut reprendre la parole, Cécile toussota à deux ou trois reprises tant sa gorge était serrée. Même les mots ne passaient pas.

— Je… Dans ma vie, il y a eu quelques personnes très importantes. Des personnes qui ont croisé mon chemin et dont l'empreinte des pas sera toujours gravée dans le sable. Aucun vent ne pourra les effacer. Jamais. Matante Gisèle et son mari Napoléon en ont été les témoins…

Laura tendait l'oreille, car Cécile parlait à voix très basse, comme si elle avait peur, peut-être, que les murs entendent et n'aillent tout répéter.

— Ils… Tous les deux, ils savaient tout de moi. Ils ont connu la jeune fille, puis la jeune femme. Ils ont connu Jérôme, le fiancé, et Juliette, la petite fille…

Jérôme, Juliette…

Laura jeta un regard en coin vers Cécile. Ces noms, elle les entendait pour la première fois.

— En fait, seule la grande Gisèle a vu cette enfant qui n'existe plus que dans le cœur de sa mère… Je… Comprends-tu ce que j'essaie de dire, Laura ?

— Je crois, oui…

La voix de Laura n'était qu'un souffle, s'accordant harmonieusement à celle de Cécile. Devant elle se traçait lentement le tableau de ce que Cécile avait jadis vécu. Un amoureux, un enfant illégitime, un peu comme ce que Francine avait vécu.

Beaucoup de choses prenaient leur sens pour Laura, emmêlées au souvenir qu'elle gardait de la grossesse de Francine, vécue ici en compagnie de Cécile. Un accueil inconditionnel, des conseils, des regards et des paroles…

Pendant ce temps, Cécile poursuivait ses confidences sur un ton feutré.

— Je l'aurais appelée Juliette et le papa était d'accord avec moi. Mais on n'a pas eu le droit de l'aimer.

Je... Je n'ai pas envie d'entrer dans les détails, mais sache que si un jour j'ai été attirée par une petite fille de onze ans qui pleurait, assise sur le bord d'un trottoir, c'est à cause de ça. Parce qu'un jour, il y avait eu dans ma vie un homme que j'avais follement aimé et une enfant à qui j'avais donné la vie. Parce qu'ils avaient été tout pour moi et que le lendemain ils n'y étaient plus... Ni l'un ni l'autre... Ils ont disparu si vite, si facilement, aurait-on dit... Voilà pourquoi toi, tu es entrée dans ma vie, Laura. À mes yeux, à cette époque, toutes les petites filles de onze ans ressemblaient à cette petite Juliette que je n'avais pas connue. Il n'y a pas une seule journée de ma vie où je n'ai pas pensé à elle. Aujourd'hui, toutes les femmes de ton âge pourraient être ma Juliette. Je ne sais pas où elle est ni à qui elle ressemble, et ceux avec qui j'aurais pu en parler disparaissent les uns après les autres... Le fiancé de jadis, matante Gisèle, l'oncle Napoléon...

Maintenant que les vannes des confidences étaient ouvertes, maintenant que les premiers mots avaient ouvert le chemin, Cécile était intarissable.

— Ce n'est pas juste un oncle que je vais mettre en terre samedi prochain, confia-t-elle à Laura et aux flammes en même temps. C'est la mémoire de ma petite fille que je vais enterrer avec lui. Et ça, oui, c'est intolérable. Avec qui est-ce que je vais pouvoir en parler, maintenant ? Qui peut partager mes souvenirs et mes espoirs sinon la mère de mon fiancé Jérôme, à qui je ne parle plus vraiment depuis mon mariage avec Charles ?

Cécile n'avait pas besoin de spécifier que ni son

mari ni son fils Denis n'étaient au courant de ce moment pénible qui avait teinté d'un lavis ombrageux une grande partie de sa vie. Laura l'avait fort bien compris. À travers les mots, dans les soupirs et les silences, dans cette manière bien présente de parler de son ancien fiancé, Cécile révélait sa solitude, cette réalité qu'elle vivait au quotidien et qui était visible, à ce moment, pour qui se donnait la peine de regarder, d'entendre.

Laura venait de comprendre, en même temps, pourquoi Cécile avait semblé si heureuse quand Francine avait choisi de garder son petit Steve au lieu de le confier à l'adoption.

Alors, déposant sa tasse sur le petit guéridon qui jouxtait son fauteuil, la jeune femme se releva et vint s'asseoir à même le tapis, devant Cécile. Puis elle prit les mains de son amie entre les siennes et soutint son regard durant un long moment avant de parler.

— Maintenant, tu sais que tu ne seras plus jamais seule avec tes souvenirs.

Laura avait une voix de velours et du bout de l'index, elle caressait la main de Cécile.

— Tes souvenirs, j'en partage un petit morceau et même si je n'étais pas là quand tout ça s'est passé, je crois pouvoir mettre un visage sur ceux que tu as aimés.

— Tu crois ?

— Oh oui ! Et veux-tu savoir pourquoi ?

La femme aux cheveux grisonnants haussa une épaule hésitante. Alors, Laura augmenta la pression de ses doigts sur ceux de Cécile et elle ajouta :

— C'est parce que ces visages-là traversent ton regard quand tu en parles. Tu ne le savais pas ?

Les larmes se mirent à couler de plus belle sur les joues de Cécile. Mais Laura sentit que la détresse avait cédé une partie de sa place à la tristesse pure et simple.

L'oncle Napoléon venait de mourir.

Laura ébaucha un sourire pour Cécile avant de poser la tête sur ses genoux, sentant, tout au fond de son cœur, que la petite fille qu'elle avait été n'était pas très loin.

Une main tremblante se mit alors à caresser ses cheveux, et c'est ainsi, une heure plus tard, que Charles retrouva les deux femmes, assises silencieusement devant un foyer aux flammes anémiques.

# CHAPITRE 7

*J'veux pas chanter seulement pour chanter*
*J'veux pas chanter pour m'faire plaisir*
*J'voudrais chanter pour être écoutée*
*Parce que j'ai p't-être quec'chose à dire.*

*La chanteuse straight*
(L. Plamondon / F. Cousineau / D. Dufresne)

**Montréal, mardi 17 novembre 1970**

Dès qu'il arriva à quelques pas en diagonale de la maison, de l'autre côté de la rue, Antoine cessa de marcher.

Le bâtiment était toujours aussi laid.

Le rouge de la porte accolé au brun de la brique détonnait autant que dans ses souvenirs et la sonnette en forme de patte de lion était d'un goût toujours aussi douteux.

Debout sur le trottoir en face de la demeure de son ancien professeur de dessin, Antoine détailla la maison durant un long moment en se demandant pourquoi ses pas l'avaient amené jusqu'ici ce matin.

Pourtant, cela faisait des mois, maintenant, qu'il n'avait pas pensé à Jules Romain. En fait, depuis son séjour à Los Angeles, bien des événements, des souvenirs et des émotions avaient changé à ses yeux. Petit à petit, d'une journée à l'autre, les images qu'il gardait de ses jeunes années s'étaient estompées, modifiées. Aujourd'hui, elles n'avaient plus la même portée ni les mêmes répercussions qu'autrefois.

Depuis les quelques mois passés à Los Angeles, Antoine se sentait libéré. Vraiment.

Alors, pourquoi, ce matin, ses pas l'avaient-ils conduit jusqu'ici ? D'où venait cette envie irrépressible qu'il avait de voir apparaître son ancien professeur sur le pas de sa porte ? Simplement pour le confronter du regard ou pour enterrer définitivement le passé ?

Antoine ne le savait pas.

Il resta un long moment immobile à surveiller la façade de cette maison qu'il avait toujours trouvée hideuse puis, las d'attendre, peut-être inutilement, il rebroussa chemin. Au moins, il savait maintenant que la peur qui lui tordait le ventre quand il pensait à son ancien professeur avait disparu. Ne serait-ce que pour cela, il avait bien fait de venir jusque devant la maison de celui qu'il détestait toujours autant.

Celui qu'il détesterait jusqu'à son dernier souffle.

Guidé par une vieille habitude, Antoine redescendit la rue, tourna à gauche, enfila une autre rue, traversa un carrefour et emprunta une ruelle qui le mena devant un commerce qu'il connaissait bien.

*R. Gariépy, mécanique générale*

Le garage de Bébert…

Antoine esquissa un sourire rempli d'affection à l'égard de celui qu'il considérait, d'ores et déjà, comme son beau-frère.

« Au diable le mariage », pensa-t-il spontanément.

La bâtisse qui abritait le garage avait fière allure avec sa grande vitrine et ses portes vitrées qui s'ouvraient automatiquement quand un client se présentait pour une réparation.

À l'époque, c'était le garage de Jos Morin. Antoine y venait régulièrement le samedi, après ses cours de dessin, quand Bébert était en poste. C'est ici, aux côtés de monsieur Morin, que Bébert avait fait ses classes jusqu'à dépasser le maître. C'est ici, durant l'été de ses quinze ans, qu'Antoine avait eu son premier emploi comme pompiste. Emploi qu'il avait gardé jusqu'à ce que ses toiles le fassent vivre.

Aujourd'hui, la réputation de Robert Gariépy n'était plus à faire et elle dépassait largement les limites du quartier. C'est ici, dans ce garage rafraîchi et mis à la mode du jour, que Bébert passait la majeure partie de ses journées.

Et Antoine, lui, n'y venait plus qu'occasionnellement pour saluer son vieil ami Bébert.

Bientôt, il n'y viendrait plus du tout.

Antoine resta tapi dans l'ombre d'une porte cochère pour ne pas être vu ou reconnu. Il n'était pas ici pour saluer qui que ce soit.

Il vit passer Bébert du bureau au garage, l'air affairé. Puis, un jeune garçon sortit en trombe pour servir de l'essence à un client. L'autre soir, quand Antoine avait rendu visite à sa sœur et à Bébert, ce dernier lui avait dit qu'on ne verrait jamais chez lui de ces pompes où le client se servait lui-même, comme le voulait la nouvelle mode.

— Pas question ! C'est une question de respect, tu sauras ! Chez Robert Gariépy, mécanique générale, le client est roi. On va-tu demander à un roi de se servir lui-même, sacrifice ?

Que rétorquer à cela ?

À ce souvenir, Antoine esquissa un second sourire. La logique de Bébert était implacable. C'est probablement pour cela qu'il réussissait aussi bien en affaires. L'autre soir, autour d'une table bien garnie, Laura et Bébert avaient longuement parlé d'un éventuel déménagement en banlieue.

— Te rends-tu compte, Antoine ? Moi, Laura Lacaille, j'irais habiter dans une jolie petite maison avec une vraie cour et un vrai jardin ! J'en ai tellement rêvé ! J'ose à peine y croire...

À trois, ils avaient passé une longue soirée à faire des projets pour Bébert et Laura.

Antoine resta un long moment à observer les allées et venues du garage. Sans être vu. Sans vouloir être vu.

Puis, il reprit sa route et descendit jusqu'à la rue Sainte-Catherine à la recherche d'un magasin bien précis.

Un rayon de soleil se mirant dans une fenêtre poussiéreuse l'y conduisit.

Ici, contrairement au garage de Bébert, le commerce avait gardé son allure vieillotte. Pas de nouvelle vitrine ni de peinture fraîche. Pourtant, la porte de bois au verni écaillé et les caissons décolorés dégageaient encore un certain charme, un charme suranné qui accompagnait à merveille les partitions musicales que l'on retrouvait bien rangées une fois le seuil de la porte passé.

— Ici, lui avait déjà dit Anne, un jour qu'il était venu l'aider, tu peux retrouver des partitions uniques qui datent parfois du début du siècle et même du siècle dernier, je crois bien. C'était le dada de mon mari de collectionner les vieilles partitions. Maintenant je ne sais plus si je vais pouvoir les garder... Elles valent quand même assez cher...

C'était à l'époque où elle espérait encore que Robert se rétablisse et où le moindre sou supplémentaire était le bienvenu.

Aujourd'hui, c'était toute la procure qui était à vendre: le bâtiment, le fonds de commerce et les vieilles partitions.

Le sourire qu'Antoine tenta d'esquisser était amer, contrairement à tout à l'heure.

Si la vie en avait voulu autrement...

Une affiche rouge, blanche et bleue, annonçant l'aubaine de la semaine, occupait un large coin de la vitrine et Antoine s'attarda à en lire toutes les lignes.

Puis il repensa à Anne le jour où elle lui avait annoncé la mise en vente du commerce.

— Je ne veux rien garder, rien du tout. Je tourne la page. Après tout, je n'ai pas encore trente-cinq ans. Je suis encore jeune.

Il y avait une pointe de défi dans la voix d'Anne quand elle avait lancé ces quelques mots à Antoine en juillet dernier. Et elle les avait répétés alors qu'ils se retrouvaient à la cuisine devant un café fumant.

C'était le mois dernier à son retour de Los Angeles...

Cela avait pris plus d'une semaine pour que le jeune homme se décide enfin à sonner à la porte d'Anne Deblois. Pourtant, c'était là un des buts qu'il s'était fixés en revenant à Montréal : parler à Anne, régler ses affaires à la banque et avoir une longue discussion avec sa grand-mère.

Mais surtout, il lui fallait parler à Anne en premier lieu.

Comment il s'y prendrait, Antoine n'en avait pas la moindre idée. Il n'avait jamais su comment dire les choses qui parlent d'émotion, de sentiments. Il ne voulait pas la blesser, il ne voulait pas laisser de mauvais souvenirs. Il voulait surtout être honnête envers elle et lui dire, tout simplement, que désormais, sa vie à lui serait ailleurs.

Tout dire sans rien dire. Être compris, assurément, peut-être grâce à un simple regard. Oui, voilà ce qu'il aurait voulu, Antoine : que tout se dise dans un regard. Les regrets, les excuses, les espoirs…

Et peut-être ajouter, ensuite, qu'il ne l'oublierait jamais. Jamais. Pour elle, il y aurait toujours une pensée particulière au fond de son cœur, mais là, maintenant, leurs routes allaient se séparer.

Voilà. C'est cela qu'Antoine s'était promis de dire sans trop savoir comment il le ferait.

Anne s'était pendue à son cou dès qu'elle l'avait aperçu. Il y avait un reproche au fond de son regard mais aussi beaucoup d'amour. Comme une sorte de soulagement qu'Antoine avait tout de suite compris : Anne était heureuse de ne plus être seule.

Comment, alors, allait-il réussir à lui parler ?

Aussitôt, Antoine s'était senti coupable de ne pas avoir écrit, de s'être abandonné aux bras de Donna, d'avoir osé croire que sa vie serait ailleurs avec la bénédiction de tous.

Finalement, il n'avait rien dit.

Quand Anne l'avait attiré vers l'escalier menant aux chambres, il n'avait pas été capable de refuser.

Il avait fait l'amour à Anne avec le nom de Donna écrit en lettres de feu derrière ses paupières closes, le cœur battant d'une culpabilité nouvelle.

Puis il avait pris un café avant de se sauver comme un voleur, sachant que finalement, il ne ferait jamais cette peinture du salon d'Anne la musicienne quand le soleil se couche, glissant ses rayons jusque sur le piano.

Il ne voulait plus jamais ressentir cette culpabilité malsaine qui avait trop longtemps rythmé sa vie, ses pensées, ses désirs.

Et avec Anne, immanquablement, il y avait toujours cette sensation de culpabilité qui finissait par le rattraper.

À cause de Robert Canuel, le mari de madame Anne.

Depuis quelque temps, Anne était redevenue madame Anne.

Le lendemain, Antoine s'était contenté de quelques mots d'explication, couchés sur un papier quelconque qu'il avait glissé dans sa boîte à lettres. Il s'excusait, il regrettait.

Elle s'appelait Donna.

Anne n'avait jamais rappelé Antoine qui, pour éviter de passer devant chez elle, chaque fois qu'il devait sortir de chez lui, faisait un détour par la ruelle des Gariépy.

Ce matin, dans cette espèce de pèlerinage qui l'amenait un peu partout dans la ville, Antoine se contenterait d'emmagasiner des images dans sa tête et dans son cœur. Il ne voulait parler à personne. Ce qu'il vivait ne regardait que lui et son passé avec lequel il tentait de faire la paix.

Une paix définitive, cette fois, qui lui ouvrirait les portes de l'avenir.

Antoine ne voulait plus jamais connaître cette sensation d'être un moins que rien. La douleur qui en découlait était trop vive.

S'il ne s'était pas senti coupable avec Anne, si elle avait été libre, peut-être que les choses se seraient passées autrement.

Peut-être.

Antoine ne cherchait pas à le savoir. Il voulait juste faire la paix. Tourner la page et regarder devant.

Demain, Donna devait arriver par l'avion de quatre heures. Les parents et la grand-mère d'Antoine l'attendaient avec impatience. Ils allaient sûrement l'aimer. Puis, après, quand Donna serait repartie pour Boston où elle étudiait, Antoine annoncerait à ses parents qu'à Noël, il partait s'installer à Los Angeles.

Évangéline, elle, serait déjà au courant. Antoine comptait sur elle pour aplanir les déceptions.

Mais au-delà de tout ce que sa décision pourrait déclencher, lui, il irait droit devant, sans se retourner. Tant pis pour les larmes que cela susciterait, lui, il ne pouvait plus vivre à Montréal.

Quand Antoine rentra à l'appartement, l'après-midi était déjà entamé. Quelques mesures d'un air mille fois entendu lui apprirent qu'Évangéline était au salon. Sans hésiter, Antoine s'y dirigea.

Assise dans son fauteuil préféré, celui dont le velours menaçait de déchirer chaque fois que quelqu'un venait s'y asseoir, le menton sur la poitrine et les yeux mi-clos, Évangéline semblait somnoler.

Une bouffée de tendresse pour cette vieille dame bourrue fit débattre le cœur d'Antoine. Il lui devait tant. S'il y avait quelqu'un dont il allait s'ennuyer, c'était de cette femme qui avait toujours été là pour lui.

Maintenant que sa décision était prise et qu'il allait partir, Antoine allait lui demander d'être là, encore une fois, mais pour quelqu'un d'autre.

Il allait aussi lui demander de parler en son nom pour que sa mère le comprenne et ne soit pas trop triste.

Mais pour ce faire, Évangéline devrait modifier certaines attitudes, réviser certains jugements, briser certains secrets.

Allait-elle accepter de le faire pour lui ?

Antoine l'ignorait. Il se fiait uniquement aux liens particuliers qui l'unissaient à sa grand-mère, depuis un certain samedi où elle l'avait tiré des griffes de Jules Romain, pour oser croire que oui.

Quand il vit un pied enveloppé d'un vieux chausson de laine se mettre à frétiller au rythme de la musique de Glenn Miller, Antoine fit un pas dans la pièce et après avoir toussoté, il demanda :

— Grand-moman ?

Évangéline, qui ne dormait pas, ouvrit aussitôt les yeux. Apercevant son petit-fils, elle esquissa son sourire en coin.

— Hé ben ! Regarde-moé don qui c'est qui est là ! Veux-tu ben me dire où c'est que t'étais passé, toé, depuis à matin ?

— Pas très loin... Juste une longue, une ben longue promenade... Pis toi ? Aurais-tu deux menutes à me consacrer ? Faudrait que je te parle.

Depuis quelques jours, Évangéline avait remarqué que le langage de son petit-fils s'était affiné durant son séjour à Los Angeles.

Pourtant, ne parlait-on pas anglais là-bas ?

Elle haussa une épaule indifférente. Tant pis pour la réponse, elle ne voulait pas vraiment savoir. Il y avait plus important à dire entre lui et elle.

Du plat de la main, elle tapota le divan à côté d'elle pour inviter Antoine à s'asseoir.

Cela faisait une éternité qu'on n'avait pas sollicité ses conseils ou tout simplement son écoute. C'est pourquoi, tout en couvant Antoine d'un regard bienveillant, Évangéline acquiesça avec plaisir à sa requête.

— Ben sûr que j'ai du temps pour toé, mon Antoine. Que c'est ça, c'te question-là ? J'ai toujours eu toute mon temps pour toé.

Le jeune homme se laissa tomber sur le bout du divan et sans se presser, il dévisagea sa grand-mère, se promettant d'en faire le portrait dès qu'il serait arrivé à Los Angeles.

— J'ai ben des choses à te dire, tu sais. À commencer par...

— À commencer par m'expliquer pourquoi c'est faire que la police t'a arrêté l'autre jour, trancha

Évangéline avant qu'Antoine n'aille plus loin.

Depuis des jours qu'elle attendait un moment comme celui-là, en tête-à-tête ! Elle n'allait sûrement pas laisser passer sa chance. Si Antoine avait certaines choses à lui confier, il le ferait après !

— J'y crois pas, moé, à ton explication, fit-elle catégorique. Ça se peut pas que tout d'un coup, la police se soye mis à arrêter tous ceux qui ont les cheveux longs... Viarge ! Y aurait pus un seul jeune sur les rues, rapport qu'y' ont toutes les cheveux longs, astheure ! Pis c'est quoi c'te manie-là d'avoir laissé pousser tes cheveux jusque dans le cou ? Ça fait pas trop propre, tu sauras.

Antoine répondit en premier lieu par un sourire polisson. Puis, une main sur sa nuque, comme pour mesurer la longueur réelle et l'effet produit par sa nouvelle chevelure, il rétorqua :

— Malgré ce que tu peux en penser, mon explication était la bonne, sauf qu'a' l'était pas complète.

— Me semblait, avec, qu'y' devait y avoir autre chose.

— T'avais pas tort. Pis comme ça fait partie des choses dont je veux te parler, j'vas répondre à ta question.

— À mes questions, jeune homme ! Tu vas répondre à mes questions ! J'veux savoir aussi pourquoi c'est faire que t'as laissé pousser tes cheveux comme un pouilleux !

— Grand-moman !

— Ben quoi ! C'est de même que mon père appelait ça, un homme qui portait ses cheveux longs : un pouilleux. Dans mon jeune temps, tu sauras, ceux qui avaient les cheveux longs, c'étaient les quêteux pis les guenilloux, rapport qu'y' avaient pas d'argent pour se faire couper les cheveux chez le barbier ou ben personne pour le faire gratis. Pis comme y' avaient pas la chance de se laver souvent, d'habitude y' avaient des poux… Pis ? Tu vas-tu finir par y répondre, à mes questions ?

— Si tu me laisses parler, c'est en plein ce que j'vas faire.

Évangéline buvait du petit lait ! Enfin ! Enfin quelqu'un avec qui parler, avec qui s'obstiner ! Elle adorait ces discussions à l'emporte-pièce où chacun relançait l'autre avec vivacité.

Mais depuis quelque temps…

Évangéline se rembrunit le temps d'une mise au point.

Laura n'était plus là, Bernadette boudait, Adrien était parti, Marcel ne disait jamais rien et Estelle tricotait !

Pas riche comme éventail d'interlocuteurs possibles !

Heureusement, Antoine était de retour.

Alors, elle revint à Antoine, toute souriante.

— Ben vas-y, mon homme, je t'écoute !

Évangéline se cala confortablement contre le dossier de son fauteuil et croisant les bras sous sa poitrine, elle lança un regard malicieux à son petit-fils.

— Pis promis, m'en vas t'écouter sans te couper la parole, en plusse.

— Tu vas voir, c'est pas compliqué… pis ça aurait pu l'être en même temps. D'abord, mes cheveux. Si je les ai laissés pousser, c'est juste que c'est comme ça que tous les garçons portent leurs cheveux à Los Angeles pis à San Francisco. Pis ça, fit-il en soulevant les quelques mèches qui retombaient sur son col, c'est rien. T'as pas vu les frères de Donna, toi ! Ils sont obligés de se faire une queue de cheval comme des filles, tellement leurs cheveux sont longs !

— Ben voyons don !

— C'est vrai, je te jure.

Évangéline soupira, visiblement découragée.

— Ouais. Icitte avec c'est ben à la mode, les cheveux longs. Pis c'est pas d'hier, constata-t-elle d'un même souffle. C'est à cause des Beatles, je pense ben ! C'est eux autres qui ont lancé c'te mode-là. Je l'avais dit à Laura dans le temps. Mais c'est pas une raison pour faire partie du troupeau, par exemple ! Pis ça veut pas dire pour autant que c'est beau pis que ça a l'air propre !

— Et si moi j'aime ça ?

— T'aimes ça ? Je comprends pas pantoute qu'on peut aimer ça, avoir l'air malpropre.

— Grand-moman !

— J'ai rien dit. Mettons que pour un artiste, ça peut donner un p'tit genre... Mais ça m'explique pas pourquoi la police a...

— J'y arrive.

Sur ces mots, Antoine effaça son sourire. Ce qu'il s'apprêtait à dire, il n'y avait que sa grand-mère qui pouvait l'entendre. Elle seule pourrait comprendre ce qui s'était réellement passé au moment de son arrivée à Montréal.

Les yeux fixés sur la porte, l'oreille aux aguets pour épier le moindre son dans la maison au cas où quelqu'un arriverait, Antoine commença son histoire.

— Je pense que c'est mes cheveux pis ma chemise indienne qui ont tout fait déraper. À moins que ça soye mes tubes de peinture, je le sais pas. Mais quand chus arrivé aux douanes, j'ai trouvé ça drôle de voir autant de police. D'habitude, si y en a, sont moins visibles que ça… Y' ont commencé par fouiller dans mon sac sans rien me demander, en me bousculant. Pis y' ont toute sorti n'importe comment. Mes pinceaux, mes tubes de couleur, mes guenilles… Déjà là, j'étais pas de bonne humeur. Je leur ai dit d'arrêter ça, que j'avais rien à cacher. C'est là qu'y a une police qui s'est approchée de moi en disant qu'on dit toute ça, nous autres, les artistes, mais qu'on est les pires. Je comprenais pas ce qu'y' voulait dire, mais j'ai pas eu le temps de me poser ben ben des questions pasque c'est là qu'y' a essayé de fouiller sur moi. Y' a mis ses mains sur ma chemise, mon pantalon… pis y' me… y' me touchait… J'ai vu rouge, grand-moman. Y a des choses de même que chus toujours pas capable d'endurer… Fait que j'ai fessé. Pour me défendre.

— Bonne sainte Anne !

C'était bien la première fois qu'Évangéline Lacaille se retrouvait à court de mots devant une situation. Heureusement, ce fut de courte durée. Le temps de secouer la tête pour faire mourir l'image de son petit-fils aux prises avec un policier, puis elle reprenait en fixant Antoine droit dans les yeux :

— Mais veux-tu ben me dire à quoi t'as pensé, mon

pauvre garçon, pour agir de même ? On tient pas tête à la police, voyons don !

— Justement, j'ai pas pensé. Ça a été comme un réflexe. C'est de même qu'on m'a montré à faire ça, du temps que je faisais de la musculation. Le prof nous a toujours dit: tu fesses en premier pis tu penses après. Pasque si tu fais le contraire, c'est toi qui vas manger une volée. Je me suis vu en train de lever le bras, crains pas, je me disais d'arrêter pasque c'était la police, mais mon poing a continué pareil. Laisse-moi te dire qu'y' me sont toutes tombés dessus comme une gang d'abeilles sur une beurrée de miel. Deux, trois coups de poings, un coup de sifflet, pis j'étais déjà menotté, prêt à partir pour le poste.

— Pauvre enfant !

— Bof... Une fois qu'y' m'ont sacré patience, ça allait. Pis rendu au poste, chus tombé sur un gars smatt. J'ai pas eu besoin d'y faire un dessin pour qu'y' comprenne ce que je voulais dire quand j'ai expliqué que c'était juste un geste de défense, comme un réflexe. À croire que lui avec...

Antoine ferma les yeux, secoua la tête.

— J'ai dit que j'étais prêt à m'excuser s'il le fallait, poursuivit-il après un bref moment de réflexion. Lui, à son tour, y' m'a expliqué pourquoi y avait autant de police. Y' m'a parlé de la loi spéciale à cause de l'enlèvement d'un ministre, de l'armée qui s'en venait pour aider la police... Je savais rien de tout ça, moi. À Los Angeles, j'écoute pas ben ben la télévision pis les nouvelles.

— Pis tes parents ? Que c'est qu'y' ont dit de toute

ça? Quand sont venus nous rejoindre à l'épicerie, y' étaient ben que trop pressés de se mettre à l'ouvrage pour nous jaser ça, à Estelle pis moé. Pis quand j'ai réussi à en parler à ta mère, plus tard dans la journée, a' m'a répondu qu'était trop bouleversée pour en discuter. Ton père, on en parle pas, y' dit jamais rien. Pis toé, ben, toé, t'as pas été là ben ben souvent depuis ton arrivée. Ça fait que l'un dans l'autre, ça m'est sorti de l'idée. Sauf t'à l'heure quand tu m'as demandé de parler avec moé.

— Ben justement, les parents... Mautadine que c'est compliqué, tout ça... J'vas essayer d'être clair, grand-moman, pasque je pense que j'vas avoir besoin de toi.

— Besoin de moé?

Évangéline se redressa encore un peu plus dans son fauteuil.

— Dans ce cas-là, vas-y, mon grand, lâche le morceau. On verra ben par après ce qu'on peut faire avec!

Antoine esquissa l'ébauche d'un sourire. Le langage coloré de sa grand-mère l'avait toujours amusé.

— OK, j'vas essayer d'être clair, répéta-t-il. Je pense que moman se pose encore ben des questions à propos de ce qui s'est passé l'autre nuit à l'aéroport, même si à moi non plus elle en a pas reparlé. Au poste de police, a' l'arrêtait pas de dire que ça se pouvait pas. Que j'étais un gars calme pis réfléchi. Que je m'étais jamais battu... A' s'excusait devant toutes les polices qu'a' rencontrait. Le père aussi avait l'air surpris même si y' a rien dit... Je... Tu te rappelles que demain j'ai une amie qui va venir nous visiter, hein?

— Crains pas, je m'en rappelle. Avec un nom comme celui-là, on peut pas oublier ça. Demain, c'est Donalda Clark qui va venir de…

— Pas Donalda, grand-moman. C'est Donna, son nom.

— Ah oui ? T'es sûr de ça ? Ben coudon…

Évangéline semblait déçue.

— J'étais sûre qu'a' l'avait le même nom que la femme à Séraphin dans le temps des *Belles histoires,* pis j'aimais ça… Tant pis… Mais je te suis pas, moé là. Que c'est que ton amie vient faire dans ton histoire de police ? Pasque c'est de la police que tu parlais, toé là, pas de ton amie l'Américaine. Tu me parlais de la police pis de tes parents.

— Laisse-moi finir pis tu vas comprendre… Donna, grand-moman, c'est pas juste une amie comme les autres, même si j'ai jamais eu ben ben d'amis… Je… Donna pis moi, on s'aime. Je… Je sais pas trop comment t'annoncer ça, mais je pense que j'vas m'en aller vivre à Los Angeles. Donna pis moi, on veut se marier. Que c'est t'en penses ?

Évangéline resta silencieuse un moment, le temps de digérer la nouvelle. Ainsi, son petit-fils allait quitter la maison à son tour…

Évangéline sentait son cœur battre à tout rompre. Il lui semblait que c'était hier que l'appartement résonnait d'un débordement de rires et de jeux d'enfants… Et voilà que brusquement tout cela était fini ?

Évangéline leva les yeux vers son petit-fils qui la regardait avec un demi-sourire et un reflet d'excuse au fond des prunelles. Évangéline aurait bien voulu répondre à son sourire, mais elle n'y arrivait pas.

C'est alors qu'en rafales, l'enfance d'Antoine défila dans sa mémoire. Ses dessins, ses jeux d'enfant sage, ses années d'école, Jules Romain, madame Émilie, son voyage à Paris, la reconnaissance de son talent...

Et maintenant, madame Anne...

Madame Anne qui vivait juste au bout de leur rue...

Évangéline détourna la tête. Ce projet à Los Angeles, c'était probablement ce qui pouvait arriver de mieux à Antoine. Malgré l'absence et l'ennui qui en découlerait. Alors, d'une voix éteinte, Évangéline demanda :

— Que c'est que je pense de quoi, mon Antoine ? De Los Angeles ?

— Oui. Du fait que j'aimerais ça aller vivre là-bas. Pis ce que tu penses de Donna aussi, comme de raison.

Évangéline soupira.

— Que c'est tu veux que j'en pense, mon pauvre Antoine, je la connais même pas, ton amie !

— Pis si je te dis qu'a' l'est ben belle pis ben fine ?

Il y avait une ferveur nouvelle dans la voix d'Antoine. Une fièvre qui arracha enfin un sourire à Évangéline.

— Ah ça, pour être belle pis fine, a' doit sûrement être belle pis fine pour que tu m'en parles de même, sur c'te ton-là !

— Moque-toi pas !

— Je me moque pas. Pas pantoute... Comme ça, t'es en train de m'annoncer que tu vas partir toé avec ?

Il y avait une pointe de fatalité dans le long soupir

qu'Évangéline laissa échapper encore une fois, comme si elle manquait de souffle.

— On dirait ben... Je... j'ai pus ma place à Montréal.

— Ah bon...

Évangéline regarda autour d'elle comme si elle cherchait effectivement un peu de place pour Antoine.

— Pourquoi tu dis ça ?

Antoine se mit à rougir violemment.

— Ça serait-tu à cause d'une certaine madame Anne ? demanda alors Évangéline, crûment, sans ménagement, vrillant son regard dans celui d'Antoine qui virait à l'écarlate.

Depuis le temps que cette histoire-là la fatiguait, Évangéline voulait en avoir le cœur net. Surtout si Antoine était pour s'en aller vivre au loin, emportant avec lui une explication qu'elle espérait depuis un bon moment déjà.

Pour savoir aussi comment se comporter la prochaine fois qu'elle rencontrerait la musicienne.

— Pis, mon gars, ce que je viens de dire là, ça peut-tu avoir un certain bon sens ?

Ce fut au tour d'Antoine de pousser un profond soupir.

— Mettons que... mettons que si Anne avait été libre, ça se serait peut-être passé autrement. Ouais, on pourrait dire ça de même. Ça ferait-tu ton affaire, comme réponse ?

— Ça pourrait aller, ouais. En lisant entre les lignes...

— Tant mieux. Je pourrais rajouter que comme

c'était pas le cas, pis que madame Anne était pas libre, ça risquait de compliquer pas mal les choses. Pis j'ai pus envie de vivre des choses compliquées. Ça l'a été ben en masse dans ma vie jusqu'à date.

— Je peux comprendre ça.

Évangéline approuvait en opinant vigoureusement de la tête, fière de son petit-fils.

— Pis je te dirais que c'est toute à ton honneur de penser de même.

— C'est juste normal.

Un fin silence succéda à ces quelques mots.

Tout ce qu'Antoine voulait, pour le moment, c'était tourner la page.

Maintenant qu'il était lancé, maintenant que ses projets d'avenir n'étaient plus un secret pour sa grand-mère, Antoine n'avait surtout pas envie de revenir sur le passé.

C'est ce qu'il avait fait tout au long de l'avant-midi: il s'était employé à enterrer son passé pour que l'avenir n'en soit pas éclaboussé.

Voilà pourquoi il n'était pas question pour lui de s'attarder sur madame Anne.

— C'est à moman surtout que je pense, précisa-t-il alors en soutenant le regard d'Évangéline, espérant qu'elle le suivrait sur ce chemin. C'est sûr que ça va y faire ben de la peine quand a' va apprendre que j'ai décidé de partir. Même qu'a' va probablement essayer de me retenir.

— Ça se pourrait, ouais...

— Pis moi, quand ben même a' me supplierait de le faire, je resterai pas ici. Pour toutes sortes de raisons, à commencer par le fait que Donna veut travailler avec son père à la galerie. *Anyway,* j'ai envie de partir, de toute façon. Ça fait que toi, une fois que j'vas être rendu là-bas, pour que moman comprenne à quel point c'est important pour moi de m'en aller loin de Montréal, tu pourras y parler de monsieur Romain. Je… Je te donne la permission de le faire. Même que ça serait une bonne chose que ça se fasse. Pis du même coup, moman va peut-être comprendre pourquoi j'ai levé la main sur une police qui essayait de me toucher. Je la connais bien, moman, pis je pense qu'a' va petête mieux accepter de me voir partir si a' sait que malgré tout ce qui s'est passé quand j'étais petit, ben, je suis heureux avec Donna.

— Ouais… C'est pas fou ton idée. Mais en même temps, c'est un moyen contrat que tu me donnes là, toé. Pas sûre, moé, que ta mère va prendre ça avec un grain de sel, toute ton affaire. Comme je la connais, moé avec, a' va se sentir coupable là-dedans, pis pas à peu près !

— Quand ben même ça serait vrai…

— Tu te doutes de rien, mon pauvre enfant ! interrompit vivement Évangéline. Pour une mère, apprendre que son p'tit a été ben malheureux, apprendre qu'y' a été maltraité sans qu'a' s'en aperçoive, c'est une moyenne claque en arrière de la tête, ça là !

— S'il vous plaît, grand-moman. Y a juste toi qui peux en parler pis je pense que c'est le temps de le faire. J'ai envie de partir d'ici la tête haute, sans regret pis sans secret non plus. Pis ça s'est passé y a ben longtemps… C'est ça que tu y diras, à moman : c'est juste une vieille histoire pis y' faut surtout pas qu'a' s'en fasse avec ça.

— Facile à dire, ça là !

— Mais c'est vrai.

— Petête ben, ouais… Mais quand ben même ça serait vrai, je dirai jamais ça.

— Pourquoi ?

— Pasque ta mère va me répondre que si c'est si vieux que ça, cette histoire-là, ça a pus ben ben d'importance, pis que si ça a pus ben ben d'importance, tu pourrais rester. C'est une ratoureuse, la Bernadette, quand a' s'y met. Pis c'est une femme intelligente. Faudrait surtout pas négliger c'te côté-là de la question…

— Mais toi aussi, grand-moman, t'es une femme intelligente, non ?

— Voyez-vous ça ? Aussi ratoureux que sa mère. Mettons que j'vas y penser. Mettons aussi que si ta Donal… que si ta Donna est aussi fine que tu le dis, ça va petête m'aider à faire ce que tu me demandes.

Évangéline offrit un sourire fripon à son petit-fils. Puis, brusquement, son visage s'éteignit comme une bougie que l'on souffle. Les rides se creusèrent et les sourcils se rencontrèrent au-dessus d'un regard triste.

La vieille dame détourna les yeux pour ne pas offrir sa tristesse à son petit-fils. Elle laissa donc filer son regard jusqu'au bout de la rue, là où le feu de circulation venait de tourner au rouge, essayant de puiser dans ce paysage mille fois contemplé le calme et la sérénité dont elle avait besoin.

— Un autre qui s'en va au boutte du monde,

viarge ! murmura-t-elle pour elle-même, brusquement dépassée par la situation. Comme si j'avais pas assez de savoir mon Adrien pis la p'tite Michelle loin de moé.

Inspirant bruyamment, elle revint à Antoine.

— C'est toute une discussion qu'on a là, nous autres, en ce moment, hein, mon Antoine ? Pis je dirais, en même temps, que ça fait ben des affaires à régler, toute ce que tu viens de me demander.

— Y avait juste à toi que je pouvais les demander, ces affaires-là.

— Ouais, mettons...

— Pis le pire, grand-moman, c'est que j'ai pas fini.

— Comment ça, pas fini ?

— Y' me reste une autre chose à te demander.

— Encore ? Viarge, mon homme ! Faudrait pas que tu partes pour Los Angeles tous les jours pasque tu finirais pas m'avoir à l'usure... Pis ? Que c'est que c'est, ton autre affaire ?

— Là, c'est peut-être un peu plus compliqué.

Évangéline ouvrit les yeux tout grands.

— Plusse compliqué que de parler à ta mère à propos de ton ancien professeur ? Ben là...

— Dans un sens, oui, ça peut être plus difficile que de parler à ma mère, mais dans un autre, ça pourrait être tellement plus simple.

— Je te suis pas pantoute.

— Je m'en doute un peu.

Sourcils froncés, Antoine semblait chercher ses mots.

— Demain, tu vas rencontrer Donna pis je sais que...

— Bon ! Encore elle, coupa Évangéline. Coudon, Antoine, toute passe par ton amie des États, depuis t'à l'heure !

— En partie, oui.

— Pis ? Que c'est qu'a' l'a à voir avec le fait que tu vas me demander de faire d'autre chose ?

— Rien. Rien pantoute à part que tu vas la rencontrer demain en fin d'après-midi pasque je l'ai invitée à venir vous voir.

— Me semble que c'est juste normal que tu nous la présentes ! s'offusqua Évangéline qui ne voyait pas du tout où Antoine voulait en venir. Je voudrais pas que mon petit-fils s'en aille vivre au boutte du monde avec une étrangère qu'on aurait jamais vue, à qui on aurait jamais parlé. Après toute, c'est avec elle que t'as l'intention de faire ta vie, non ? Pis avec un peu de chance, c'est elle qui va être la mère de mes arrière-petits-enfants, non ?

— C'est avec elle que j'ai l'intention de faire ma vie, oui, répéta Antoine avec une infinie patience. Et avec un peu de chance, on devrait avoir quelques enfants, c'est sûr.

— Bon ! Y' est où le problème d'abord ?

— Avec Donna, y en a pas de problème. Je trouve ça tout à fait normal quand tu dis que tu veux la rencontrer. Pis je veux qu'a' connaisse toute ma famille, d'ailleurs.

— Viarge, Antoine, t'es ben compliqué, tout d'un coup !

— Moi ? Non, pas vraiment. C'est plutôt toi, grand-moman, qui es compliquée par bouttes.

— Moé ? Compliquée ? Que c'est ça encore ?

Antoine ne répondit pas immédiatement même s'il savait pertinemment ce qu'il voulait dire.

C'était la façon d'amener les mots qui lui manquait encore, parce que les mots, eux, Évangéline venait de les lui offrir sur un plateau d'argent !

Il soutint le regard perplexe d'Évangéline durant un bref moment puis il détourna les yeux.

Il avait promis à Laura d'intervenir.

Il avait promis à sa mère d'intervenir.

Il n'avait donc plus le choix.

— Grand-moman, commença-t-il alors hésitant, le regard fixé sur le bout de ses chaussures, je... j'vas être content demain de te présenter Donna, tu sais.

— Pis moé, j'vas être contente de la rencontrer, répliqua Évangéline du tac au tac. Viarge, Antoine ! Me semble qu'on vient juste de dire ça. Non ?

— Oui... Pis tu m'as dit aussi que tu trouvais important de connaître la femme que j'aime.

— C'est sûr, ça. Où c'est que tu veux en venir avec tes fignolages ?

Antoine laissa échapper un long soupir. Comment dire les choses pour ne pas brusquer ou blesser sa grand-mère ? Il fallait pourtant qu'elle comprenne. Il fallait qu'elle finisse par admettre qu'elle s'était trompée ou, à tout le moins, qu'elle avait exagéré.

— Si je te demandais, grand-moman, de repenser à tout ce que tu viens de me dire à propos de Donna pis moi, mais de changer les noms...

— Changer les noms ?

— Oui, changer les noms. Au lieu de mettre

Antoine pis Donna, tu pourrais petête mettre Laura pis Robert, à la place. Pis tu verrais que c'est exactement la même histoire.

— Antoine Lacaille ! Veux-tu ben te…

— S'il te plaît, grand-moman, laisse-moi finir… Laisse-moi juste te dire que dans le fond, Laura fait exactement la même chose que moi : elle aussi, elle a décidé de faire sa vie avec quelqu'un qui est un étranger pour toi. Pourquoi pas essayer de le connaître, cet étranger-là, hein grand-moman ? Exactement comme tu veux faire pour Donna. Y a rien qui dit que Donna est plus fine que Bébert, tu sais.

— Non, mais…

— Y a pas de « mais », grand-moman… Pis tu le sais, dans le fond…

Rarement Antoine avait été aussi direct avec quelqu'un. Il s'attendait à une réplique cinglante de la part de sa grand-mère ou au moins un rappel de la plus élémentaire politesse à son égard.

Il n'en fut rien.

Du coin de l'œil, Antoine constata qu'Évangéline avait tourné la tête vers la rue. Vers cette impasse qu'elle avait toujours considérée comme étant sa rue, son fief personnel.

Qu'y voyait-elle en ce moment ? Une large part d'un passé qui avait malheureusement teinté sa vie jusqu'à aujourd'hui ou voyait-elle, en filigrane sur les murs de briques, un aperçu de ce que pourrait être l'avenir ?

Antoine n'osait relancer la discussion. Il avait compris, aux côtés de Donna, que certains silences, certains regards ou certains gestes peuvent avoir plus de poids et d'importance que les mots les plus savants, les plus recherchés.

Alors, tout doucement, lui qui avait tant rêvé de se blottir contre sa grand-mère quand il était enfant mais qui n'avait jamais réussi à faire le pas qui les séparait, Antoine tendit la main vers le bras flétri qui reposait sur l'accoudoir du fauteuil.

D'un effleurement presque aérien, il posa les doigts sur la peau parcheminée. Le temps d'un contact, tout léger, du bout des doigts, qui fit tressaillir une vieille dame en quête d'affection.

Évangéline détourna les yeux de la fenêtre et les posa sur la main de son petit-fils. Cette main aux longs doigts de peintre qui déjà se retirait, confuse d'avoir osé ce geste.

Alors, Évangéline leva la tête et son regard croisa celui d'Antoine.

— C'est beau, mon homme, fit-elle enfin de cette voix rauque qui cachait bien mal ses émotions. M'en vas réfléchir à toute ce que tu viens de me dire.

— Merci, grand-moman. Merci ben gros... Astheure, si ça te dérange pas, m'en vas aller dans le petit logement pour faire un brin de ménage. Je veux aérer ben comme faut. Je voudrais pas que ça sente la térébenthine quand Donna va arriver.

— Comme tu veux, mon Antoine, comme tu veux. On se reverra t'à l'heure, après ton ménage.

L'instant d'après, la porte de la cuisine claquait et elle entendit la dégringolade des pas de son petit-fils dans l'escalier. Une autre porte claqua et le silence revint.

Alors, Évangéline se leva à son tour et traînant ses chaussons sur le plancher verni, elle se dirigea à pas lents vers la cuisine.

Elle avait le cœur lourd de toute cette vérité qu'Antoine avait soulevée. Une vérité qu'elle reconnaissait en son for intérieur, depuis longtemps déjà, mais qu'elle refusait d'admettre ouvertement.

Surtout, ne pas perdre la face, n'est-ce pas ?

Évangéline entra dans la cuisine le dos voûté, le pas incertain. Elle s'appuya des deux mains sur la table et regarda autour d'elle.

Ici, c'était chez elle. C'était sa maison.

N'avait-elle donc pas réussi dans la vie ? Deux fils menés à bon port, une maison payée au fil des décennies à la sueur de son front, des petits-enfants qui avaient réussi, une famille somme toute unie...

Et elle allait détruire tout ça à cause d'une rancune vieille de plus de quarante ans ?

— C'est là que la langue sale à Arthémise aurait gagné, constata Évangéline en se redressant. Pis ça, y' en est pas question, viarge !

Brusquement, elle avait besoin de parler, elle avait besoin de s'excuser.

Et pour l'instant, il n'y avait, sur terre, qu'une seule personne qui, par la force des choses, pouvait partager tout ça avec elle.

À l'origine, ça n'aurait pas été son choix, allez donc savoir pourquoi, mais comme le mal était déjà fait...

Sans hésiter, Évangéline souleva le combiné du téléphone et malhabilement parce que ses doigts la faisaient souffrir depuis le matin, elle signala un numéro qu'elle avait fini par apprendre par cœur.

Il n'y eut qu'une sonnerie, à croire qu'on espérait cet appel !

— Roméo ? C'est moé, Évangéline… Ouais, ça va… Non, viarge, c'est pas vrai !

Évangéline posa la main sur sa poitrine en inspirant bruyamment.

— C'est quoi c'te manie qu'on a de toujours dire que ça va ben même quand c'est pas vrai ? Pouvez-vous répondre à ça, Roméo ? Ça fait que je me reprends : pour astheure, c'est pas vrai que ça va ben. Je dirais même que ça va pas fort, pas fort pantoute. C'est un peu pour ça que je vous appelle. Que c'est vous diriez d'aller prendre un café tous les deux ensemble, hein ? Me semble que ça me ferait du bien… J'aurais ben des choses à vous dire !

* * *

Le sourire que Laura affichait était éblouissant.

Enfin, enfin, enfin !

Elle s'arrêta sur le trottoir, leva le front pour l'offrir au soleil tiède de cette matinée de novembre, inspira profondément, puis, le temps d'une courte, d'une très courte hésitation, elle regarda à gauche puis à droite avant de revenir vers la gauche et de se mettre à marcher résolument dans cette direction.

D'abord, le garage et ensuite, l'épicerie. C'était logique et c'est ce qu'elle avait envie de faire du plus profond de son cœur. Tant pis si elle était en retard; pour l'instant, ça n'avait pas la moindre importance !

Involontairement, sa main droite s'égara sur le devant de son manteau pour en caresser discrètement le tissu rêche. Son sourire réapparut aussitôt, toujours aussi éclatant.

Papa ! Bébert allait être papa !

Au même instant, à quelques rues de là, Bernadette raccrochait le téléphone, pensive, incapable de se faire une opinion précise. Le changement était trop brutal, elle ne l'avait pas vu venir, elle essayait de comprendre.

Par habitude, elle porta les yeux sur l'horloge qui égrenait placidement ses minutes au-dessus de la porte de son petit bureau.

Une heure et quelques…

— Laura est en retard, murmura-t-elle machinalement.

Puis elle ramena son regard sur le téléphone comme si ce dernier allait pouvoir fournir une explication plausible qui expliquerait le fait que…

— Ben voyons don…

Bernadette soupira, fit la moue puis esquissa un petit sourire.

Au fond, pourquoi chercher une explication ? Qu'importent les raisons et les motivations…

— C'est le résultat qui est important, non ?

Le sourire se fit plus franc.

— Pis le résultat, pour astheure, c'est que la belle-mère vient de m'appeler pour m'annoncer qu'a' part faire des commissions avec monsieur Roméo pour nous préparer un bon souper en l'honneur de Donna. Pas de doute, c'te jeune femme-là y a tapé dans l'œil !

En effet, depuis l'arrivée de la jeune Américaine,

Évangéline était sous le charme. C'était du Donna par ci, du Donna par là ! En fait, pourquoi ne pas l'avouer clairement ? C'était toute la famille qui était sous le charme.

— Même Charles, maudit verrat !

Était-ce pour cela que la vieille dame entêtée avait brusquement changé d'avis ?

— Pas la moindre idée, ronchonna Bernadette pour elle-même. Mais bâtard que chus contente, par exemple !

Parce que ce soir, à la table des Lacaille, il y aurait aussi Laura.

Laura et Bébert.

C'est ce qu'Évangéline venait de lui annoncer, entre autres choses.

— Tu diras à ta fille qu'est la bienvenue pis son… son ami Bébert aussi. Pis demande-moé pas pourquoi j'ai changé d'avis, je te le dirai pas. Pas pour astheure. On en reparlera plus tard, quand Antoine va… quand c'est que je déciderai que c'est le temps de t'en parler. Pour astheure, j'ai pas le temps. Je veux juste que tu demandes à Marcel de nous couper son plus beau rosbif. Roméo pis moé, on s'occupe du reste… On se reverra t'à l'heure !

En substance, c'était le message d'Évangéline : elle allait préparer le souper pour la famille.

Pour toute la famille ! Si Bernadette avait bien compris, Estelle et Angéline seraient de la fête, elles aussi !

— Bâtard, c'est jamais arrivé ! Va falloir mettre deux tables si on veut toute manger en même temps.

Bernadette sauta sur ses pieds. Tant pis pour le dérangement, il n'était pas question d'attendre pour prévenir Marcel.

Ni question de rester ici jusqu'à six heures !

— La belle-mère dira ben ce qu'a' voudra, m'a toujours ben aller faire un brin de ménage ! On rit pus ! M'en vas avoir mon gendre pis ma bru à souper à soir !

Bernadette traversa l'épicerie au pas de course, heureuse de sentir son cœur battre d'aise et de plaisir.

Toute la famille ! Avec Laura et son Bébert.

Sans oublier Antoine et sa gentille Donna !

Qu'est-ce qu'une mère pourrait demander de plus ?

Cela faisait si longtemps que Bernadette espérait un moment comme celui-là qu'elle avait l'impression de marcher sur un nuage.

Elle ne s'arrêta que devant le comptoir de la boucherie où Marcel brillait par son absence alors que quelques clientes l'attendaient. De moins en moins patiemment.

— Mon mari vous a répondu ?

— Même pas. Y' est pas là. J'ai sonné la petite cloche mais ça a rien donné pantoute.

— Curieux… Y' est probablement dans la chambre froide à préparer des paquets pour le comptoir du préemballé.

— C'est ben ce que j'ai pensé même si d'habitude y' répond à la cloche.

— Je vais aller voir. Si la machine pour faire le steak haché fonctionne, c'est comme rien qu'y' vous a pas entendues. Donnez-moé deux menutes…

Bernadette contourna le comptoir et se dirigea vers

la grosse porte de bois qui fermait la chambre froide hermétiquement. Une lourde porte qui ressemblait à celle d'un bateau avec sa fenêtre ronde en forme de hublot.

Dès qu'elle l'ouvrit, Bernadette oublia la joie ressentie, l'espoir ravivé et les clientes agglutinées devant le comptoir. Elle oublia que ce soir devait être un soir de fête sous le toit des Lacaille.

Une épée d'inquiétude chauffée à blanc lui transperça le cœur, alimentée dans la seconde par une forte bourrasque de colère.

— Veux-tu ben me dire, toé…

Plié en deux au-dessus de la grande cuve qui desservait la chambre froide, un poing devant la bouche, Marcel tentait d'étouffer le son d'une vilaine quinte de toux.

— Vas-tu finir par m'écouter, Marcel Lacaille !

D'une main autoritaire, sans se relever, Marcel tenta de garder Bernadette à distance.

— C'est rien, haleta-t-il. Ça va passer. Dis aux clientes que j'arrive dans une menute.

— Comment ça, rien ? T'as de la misère à dire deux mots sans être essoufflé, bâtard ! Laisse-moé t'aider à t'asseoir, au moins. Si tu m'avais écoutée, aussi, t'aurais déjà vu un docteur pis tu irais mieux.

Une nouvelle quinte de toux empêcha Marcel de répliquer. Quand Bernadette arriva à la hauteur de son mari, quand elle mit la main sur son épaule pour l'aider à se redresser, elle sentit à travers le tissu de sa chemise qu'il était détrempé par la sueur. Pourtant, ils étaient dans la chambre froide.

— Ben voyons don, toé…

Elle se pencha pour essuyer son front et c'est là que son cœur cessa de battre durant une fraction de seconde avant de s'emballer pour partir au grand galop.

Le fond de la cuve était parsemé de gouttelettes de sang.

— Marcel ! Mais que c'est ça ?

Marcel leva alors les yeux vers Bernadette. Une lueur de panique teintait de gris le bleu de ses yeux habituellement froids comme la banquise.

— Je le sais pas, Bernadette, c'est quoi qui m'arrive. J'ai pas mal en nulle part. Chus juste essoufflé depuis une couple de jours. Pis maintenant, y a ça, fit-il en désignant la cuve avant de tourner le robinet d'eau froide pour tout rincer.

C'est alors que Bernadette vit que la main de Marcel tremblait comme une feuille au vent. Spontanément, elle tendit la sienne pour l'envelopper.

Contre toute attente, Marcel ne la repoussa pas, ne chercha pas d'excuses. Bien au contraire, il s'y agrippa.

— J'ai peur, Bernadette, souffla-t-il avec difficulté. J'ai peur en calvaire. S'il vous plaît, laisse-moé pas tuseul…

*À suivre…*

# Tome 12

## *Adrien, la suite*
## 1972 –

*À Suzanne, amie de longue date mais perdue de vue trop longtemps, que la vie a eu la merveilleuse idée de remettre sur mon chemin*

Ça y est, c'est ce matin que ça se passe…

J'écris ces quelques mots du bout des doigts, le cœur battant.

Le compte à rebours est commencé. Dans quelques semaines, les Lacaille feront partie des souvenirs. Dans un sens, je l'espérais : toute bonne chose a une fin et il est temps de les laisser s'envoler vers leur destinée. Mais d'un autre côté, j'ai le cœur lourd. Le deuil ne sera pas facile à faire, je le crains. Comment quitter Laura, Antoine, Bernadette, Évangéline, Marcel ? Sans oublier Francine, Bébert, Adrien, Michelle et tous ceux de mes personnages qui ont eu l'indiscrétion de se glisser à travers les pages de l'histoire des Lacaille. Anne, Charlotte, Émilie, Cécile… Cela fait beaucoup de monde à saluer pour une dernière fois.

Je me sens un peu comme Bernadette ce matin: je suis consciente que tous ces personnages sont arrivés à un moment de leur vie où ils sont capables de voler de leurs propres ailes et en même temps, j'ai peur qu'ils se blessent si je ne suis pas à leurs côtés. Au fond, mes personnages sont un peu mes enfants, n'est-ce pas?

Pour l'instant, avant d'en arriver aux adieux définitifs, je les ai conviés dans mon bureau après quelques semaines de repos où la lecture a remplacé l'écriture.

Ils sont arrivés les uns après les autres, dès l'aube, et se sont réunis spontanément en petits groupes.

Les sœurs Deblois se tiennent dans un coin, entourant Anne qui a maigri depuis la dernière fois où je l'ai rencontrée.

Cécile, par contre, est seule. Debout à la fenêtre, elle regarde au loin, par-dessus le toit des maisons.

Évangéline a pris mon meilleur fauteuil et elle discute à voix basse avec Bernadette... Je ne peux m'empêcher de sourire. On dirait bien qu'elles se sont réconciliées, ces deux-là!

Tiens! Voilà Laura qui arrive. Sans hésiter, elle se dirige vers sa mère et sa grand-mère. Tant mieux! Ça doit vouloir dire que les tensions ont diminué.

En fait, il ne manque que les hommes Lacaille pour que le tableau soit complet. Marcel, Adrien, Antoine, Charles... Je me demande bien ce qu'ils font pour ne pas avoir répondu à mon invitation.

Il manque aussi Francine et Bébert. À voir le sourire radieux de Laura, il me semble qu'ils devraient être là, non?

Je vais donc me mettre à l'écriture pour tenter de savoir ce qui se passe.

Je ne peux quitter les personnages des *Mémoires d'un quartier* s'ils ne sont pas tous présents. J'ai envie de les saluer une dernière fois, tous sans exception.

Parce que je les aime tous sans exception.

PARUS CHEZ LE MÊME ÉDITEUR:

Annamarie Beckel:
*Les voix de l'île*

Christine Benoit:
*L'histoire de Léa : Une vie en miettes*

Andrée Casgrain, Claudette Frenette, Dominic Garneau, Claudine Paquet:
*Fragile équilibre*, nouvelles

Alessandro Cassa:
*Le chant des fées,* tome 1 : *La diva*
*Le chant des fées,* tome 2: *Un dernier opéra*

Normand Cliche:
*Le diable par la crinière,* conte villageois
*L'ange tourmenté,* conte villageois

Luc Desilets:
*Les quatre saisons: Maëva*
*Les quatre saisons: Laurent*
*Les quatre saisons: Didier*
*Les quatre saisons: Rafaëlle*

Sergine Desjardins:
*Marie Major*

Roger Gariépy:
*La ville oubliée*

François Godue:
*Ras le bol*

Nadia Gosselin:
*La gueule du Loup*

Danielle Goyette:
*Caramel mou*

Georges Lafontaine:
*Des cendres sur la glace*
*Des cendres et du feu*
*L'Orpheline*

Claude Lamarche:
*Le cœur oublié*
*Je ne me tuerai plus jamais*

François Lavallée:
*Dieu, c'est par où?*, nouvelles

Michel Legault:
*Amour.com*
*Hochelaga, mon amour*

Marais Miller:
*Je le jure*, nouvelles

Marc-André Moutquin:
*No code*

Sophie-Julie Painchaud:
*Racines de faubourg,* tome 1 : *L'envol*
*Racines de faubourg,* tome 2: *Le désordre*
*Racines de faubourg,* tome 3: *Le retour*

Claudine Paquet:
*Le temps d'après*
*Éclats de voix*, nouvelles
*Une toute petite vague*, nouvelles
*Entends-tu ce que je tais?*, nouvelles

Éloi Paré:
*Sonate en fou mineur*

Geneviève Porter:
*Les sens dessus dessous*, nouvelles

Carmen Robertson:
*La Fugueuse*

Patrick Straehl:
*Ambiance full wabi sabi*, chroniques

Anne Tremblay:
*Le château à Noé,* tome 1: *La colère du lac*
*Le château à Noé,* tome 2: *La chapelle du Diable*
*Le château à Noé,* tome 3: *Les porteuses d'espoir*
*Le château à Noé,* tome 4: *Au pied de l'oubli*

Louise Tremblay-D'Essiambre:
*Les années du silence,* tome 1: *La Tourmente*
*Les années du silence,* tome 2: *La Délivrance*
*Les années du silence*, tome 3: *La Sérénité*
*Les années du silence,* tome 4: *La Destinée*
*Les années du silence,* tome 5: *Les Bourrasques*
*Les années du silence*, tome 6: *L'Oasis*
*Entre l'eau douce et la mer*
*La fille de Joseph*
*L'infiltrateur*
*« Queen Size »*
*Boomerang*
*Au-delà des mots*
*De l'autre côté du mur*
*Les demoiselles du quartier*, nouvelles
*Les sœurs Deblois,* tome 1: *Charlotte*
*Les sœurs Deblois,* tome 2: *Émilie*
*Les sœurs Deblois,* tome 3: *Anne*
*Les sœurs Deblois,* tome 4: *Le demi-frère*
*La dernière saison,* tome 1: *Jeanne*
*La dernière saison*, tome 2: *Thomas*
*Mémoires d'un quartier,* tome 1: *Laura*
*Mémoires d'un quartier,* tome 2: *Antoine*
*Mémoires d'un quartier,* tome 3: *Évangéline*
*Mémoires d'un quartier,* tome 4: *Bernadette*
*Mémoires d'un quartier,* tome 5: *Adrien*
*Mémoires d'un quartier,* tome 6: *Francine*
*Mémoires d'un quartier,* tome 7: *Marcel*
*Mémoires d'un quartier,* tome 8: *Laura, la suite*
*Mémoires d'un quartier,* tome 9: *Antoine, la suite*
*Mémoires d'un quartier,* tome 10: *Évangéline, la suite*
*Mémoires d'un quartier,* tome 11: *Bernadette, la suite*

Visitez notre site: www.saint-jeanediteur.com

Achevé d'imprimer au Canada
sur les presses de Imprimerie Lebonfon Inc.